La dérive de l'Éponge

roman

Données de catalogage avant publication (Canada)

Le Maner, Monique
    La dérive de l'Éponge

    ISBN 2-89031-494-4

    I. Titre.

    PS8573.E531D47 2004   C843'.6   C2003-942212-7
    PS9573.E531D47 2004

Nous remercions le Conseil des Arts du Canada ainsi que la Société de développement des entreprises culturelles du Québec de l'aide apportée à notre programme de publication. Nous reconnaissons également l'aide financière du gouvernement du Canada par l'entremise du Programme d'aide au développement de l'industrie de l'édition (PADIÉ) pour nos activités d'édition. Gouvernement du Québec – Programme de crédit d'impôt pour l'édition de livres – Gestion SODEC

Mise en pages : Sophie Jaillot
Maquette de la couverture : Raymond Martin
Illustration de la couverture : Photographie d'un graffiti de NRK prise dans le métro de Montréal.

DISTRIBUTION :

Canada
Dimedia
539, boul. Lebeau
Saint-Laurent (Québec)
H4N 1S2
Tél. : (514) 336-3941
Téléc. : (514) 331-3916
general@dimedia.qc.ca

Europe francophone
Librairie du Québec / D.E.Q.
30, rue Gay Lussac
75005 Paris
France
Tél. : (1) 43 54 49 02
Téléc. : (1) 43 54 39 15
liquebec@noos.fr

Dépôt légal : B.N.Q. et B.N.C., 1er trimestre 2004
Imprimé au Canada

Monique Le Maner

La dérive
de l'Éponge

roman

Triptyque

Ainsi la vie humaine est un grand lac qui dort
Plein, sous le masque froid des ondes déployées,
De blonds rêves déçus, d'illusions noyées,
Où l'Espoir vainement mire ses astres d'or.

Émile Nelligan, *Le lac*

Les stations de métro sont par définition des lieux essentiellement de transit. On arrive ou on part, on entre ou on sort, on monte en voiture ou en descend. C'est la raison pour laquelle elles ont une mezzanine et non pas une salle de pas perdus comme dans les gares. C'est la raison pour laquelle aussi des toilettes publiques n'y ont pas été aménagées.

Métro, lundi 26 mars 2001

Prologue

C'est un entrefilet. Les autres le liront sans le lire vraiment.

PANNE MAJEURE DANS LE MÉTRO

Je lis tous les entrefilets qui me tombent sous la main depuis que je n'ai plus rien à penser, à faire ni à conter. Depuis qu'elle m'a laissé, depuis que je vis seul. Je n'ai jamais pu vivre seul. Je suis malheureux de vivre seul. À en mourir.

Depuis qu'elle m'a laissé, je n'en manque pas un, de ces petits paquets de lignes butés dans les coins. Ils m'occupent, remplissent mon vide de leur vide, parce que les entrefilets, ça ne dit souvent rien de bien important.

Celui-là, tout de même, je l'attendais. Je l'ai cherché dans le journal. Et j'étais certain de le trouver.

Il est plutôt court, leur entrefilet. Et pourtant, lui, il avait tellement parlé. De quoi noircir toutes les pages de leur imbécile de journal. Il parlait, il n'arrêtait pas de parler.

Maudit malade. Maudit fou.

C'était hier, à Lionel-Groulx.

Je m'étais assis comme ça, sans y penser, à côté de lui, sur le banc de la station de métro Lionel-Groulx, direction Honoré-Beaugrand. On aurait dit qu'il m'attendait. Il devait être sept heures du soir, il faisait nuit depuis longtemps. Le métro n'arrivait pas. Mais dans le fond, il n'y avait aucune espèce d'urgence. J'étais là avec ma douleur qui me serrait la gorge et mon porte-documents plein de pages recommencées qui me pendait au bout du bras. Je me souviens d'abord de son énorme puanteur. Mes bottes me cuisaient les pieds. Il regardait droit devant lui sans rien voir. Il était laid, comme un poulet hirsute mal ficelé, une face d'halluciné.

Un métro est passé. Je ne me suis pas levé. À gauche, l'escalier déroulait ses marches sans rien dire. On entendait chuinter l'escalier mécanique un peu plus loin. Devant, le haut mur de caissons gris. À droite, le noir épais du tunnel. Le vide, de tous les côtés. Ça doit être à cause de ce vide-là que je n'ai pas bougé. Et puis, vu que j'avais tout mon temps à perdre, j'ai commencé à l'écouter.

Maudit malade. Maudit fou.

Il m'a dit qu'il allait raconter son histoire, l'histoire d'une éponge. Le voyage d'une éponge dans le métro. Il m'a dit que je pouvais partir avant la fin, qu'il y était habitué parce que ce n'était pas la première fois qu'il contait son histoire d'éponge, mais que lui, il s'interrompait seulement parce qu'il aurait envie de se moucher.

Il parlait maintenant. À la fois tout bas et avec une espèce de verve qui donnait le tournis. Il entamait ce qu'on aurait pu appeler normalement le premier chapitre.

Les Spongiaires, plus connus sous le nom d'Éponges, sont des êtres ambigus dont la nature animale est très difficile à constater; leur ressemblance avec des végétaux est si grande que pendant longtemps on les a considérés comme tels[*].

L'oubli

Ce matin-là, quelque chose n'avait pas commencé comme d'habitude. L'Éponge le sentait comme il sentait tout, confusément. Mais ce drôle de sentiment n'était pas suffisant pour lui faire hâter l'allure durant le court trajet entre l'étouffe-maison et l'arrêt de mémère autobus.

On était en hiver, vers le début de la fin de l'hiver, vous savez, la fin la plus interminable, celle de février. Il ne faisait pas très froid. Il ne neigeait plus sur les croûtes qui longeaient les très étroits trottoirs. L'étouffe-maison reculait derrière l'Éponge, avec ses deux fenêtres fermées sur le noir d'un dedans, sa porte bête en haut de son escalier de trois marches plein ciment. Le ciel blanc sale, pas heureux, pesant par-dessus tout ça.

---

[*] Toutes les citations dans le récit sont tirées de *Histoire naturelle*, *Les animaux*, Larousse, Paris, 1923.

Il avançait à petits pas. C'était l'homme qui marchait le plus lentement du monde.

Et derrière lui, aussi lentement s'effaçait la maison avec son odeur de mort et sa chambre tout en gris dont il s'était extrait, s'était éveillé hors de la couche, les pieds pas d'aplomb sur le sol froid.

Le moment de la traversée approchait. Où il lui faudrait enjamber la rue en perpendiculaire avec ses machines qui se font un malin plaisir de foncer dès qu'elles voient que l'Éponge a posé une protubérance en bas du trottoir.

Alors, suivez-moi bien, il secoue son membre poreux, achève de le descendre le long du monticule-trottoir, dépose sa patte à ventouses, avance d'un pas minuscule, se perd dans un autre effluve menaçant, se pousse la tête au bout du col douteux cravaté perdu dans le foulard de fausse laine qui lui gratte le cou, bave, se dandine, mal fixé au sol comme le veut sa condition d'éponge, n'hésite pas, balance plutôt, douloureux d'un mal qui appesantit le brouillard de son simili-cerveau qu'on a cru longtemps, en fait pratiquement toute sa vie sauf en quelques éclairs, celui d'un zoophyte.

Il y a bien eu une fois, vous m'entendez? il y a eu une fois où, encore jeune homme nourri au sein des cafés des mères, il a appris, une étrange minute, peut-être quelques semaines, tout au plus deux, trois ans de liberté, qu'il n'était pas tout à fait un végétal. Parce qu'il avait préféré jusque-là penser que le vide permanent qui lui alourdissait l'esprit appartenait au règne végétal. Et puis voilà qu'il avait découvert, en cette courte dérive de jeune éponge lâchée en haute mer, qu'il pouvait avoir des mouvements presque animaux. Après ça, il était revenu au creuset végétant où, depuis, il essayait de dénicher un équilibre, avec toute la force surpoulpéenne qu'il lui fallait pour continuer d'avancer dans la désespérance des matins, d'éponger jour après jour sa bave à la douleur et, accessoirement, celle des autres quand ils oubliaient de le laisser tranquille.

L'Éponge avait réussi à se hisser de l'autre côté de la rue. Dans le fond, vous l'aurez compris, il n'y avait aujourd'hui rien de non quotidien dans ce rituel qui lui servait de charpente osseuse, rien que, oui peut-être, un drôle de goût dans la bouche. Le café des mères encore plus mauvais que d'habitude, qu'il se dépêchait d'avaler tout rond, encore plus mauvais que celui qu'il buvait autrefois au bureau, mais tout de même plus rassurant.

Mémère Autobus se pointait le gros nez d'épave. L'Éponge aimait Mémère. Pas n'importe quelle mémère, celle de 8 h 03. Sa mémère à lui qui avait la bonne idée de ne pas avoir trois marches pour le faire monter dans son ventre comme les autres machines à torture, mais une marche, presque douce à escalader, en tout cas moins escarpée que les trottoirs. Un jour, il ne voulait plus y penser, il était arrivé beaucoup trop tôt, chassé de l'étouffe-maison par l'écume des mères, et il avait dû mettre ses crampons pour triompher des trois marches de la panse qu'une autre mémère lui imposait. Un souvenir qui remontait parfois sournoisement à sa mémoire et qu'il chassait alors furieusement à grands coups d'ailerons.

Il n'y a rien à dire sur le voyage dans le ventre de Mémère. L'Éponge qui se tient presque debout, oscillant au gré du cocher. Et le vide dans lequel l'Éponge plonge, se refait une jeunesse, patauge, s'imprègne avant de remonter et de s'ébrouer en veillant à ne pas faire trop d'éclaboussures.

Maintenant l'attend le plongeon avant dans la porte-gueule du métro, station Villa-Maria. Une autre cascade qu'il a suffisamment apprivoisée, matin après matin, pour qu'elle ne le fasse plus trembler à l'avance. Et puis, d'un coup, toujours recommencée celle-là, la peur qui lui grimpe au cœur d'une panne d'escalier mécanique. Quand l'autre escalier, l'immobile, lui tend ses marches, le prend au piège d'une descente au tombeau. L'Éponge n'aime pas. Parce que chaque marche lui demande de se tendre jusqu'à l'insoutenable.

À présent, la gueule des trains de fer se frôlant les flancs bleu de mer dans les pénombres de la station cathédrale. Car il y a dans cette station comme un silence froid qui rappelle les messes anciennes ou plutôt le début des messes, des échos venus du tréfonds des âmes en attente.

L'Éponge avait consciencieusement appris les premiers signes de la bête, sourde, encore invisible pour le commun des mortels, même pour toutes ces ombres ramassées sur le quai tremblotant d'impatiences. Puis le frémissement encore impalpable de l'air bleu, des silhouettes se rapprochant du bord de l'embarcadère, pas trop près, craignant sans doute de tomber à la mer. Le paquebot enfin, bleu sur flots noirs, tanguant juste ce qu'il faut, avec ses hublots d'or blanc. Un vrai début de messe, pensait encore confusément l'Éponge quand même un peu sous le charme.

Ça ne durait pas. Restait à monter. Les ombres se couvraient de traits, de regards, de cheveux à couper au couteau, de paroles. L'Éponge avait sur eux une supériorité dérisoire. Je peux bien vous dire son secret aujourd'hui puisque ça n'a plus d'importance. Il savait où la porte du métro allait s'arrêter, se ruait à l'intérieur du wagon, chassant du coude, se trouvant toujours une place.

Une fois, il avait de la sorte écarté une femme au gros ventre. Il s'était assis ou plutôt avait ramassé ses abattis sous lui. Ils l'avaient tous assassiné du regard, transpercé de leurs dards, leurs langues de serpent sorties sur l'abîme vertigineux de leurs glottes à la fois silencieuses et vibrantes. L'Éponge n'avait pas bougé, le menton renfrogné dans son cou maigre de canard pas propre, les yeux glissés de côté. Il avait tout de même beaucoup souffert de ces signes de réprobation générale. Il aurait préféré qu'ils disent «Hé, toi là, on te parle!» ou «Pour qui tu te prends?». Ils auraient même pu ajouter «Maudit fou! Maudit malade!» qu'il ne leur en aurait pas voulu. Tout sauf ces faces penchées sans son, que ses prunelles rentrées dans les coins avaient bien été contraintes de digérer. Lui qui les évitait avec tant de soin. Il en aurait pleuré d'être ainsi obligé de détailler leurs bouches, leurs commissures, leurs poils, leurs pores, leurs boutons, d'en opérer une synthèse douloureuse dont il n'avait que faire, de reconstituer leurs lambeaux. Ça faisait longtemps que l'Éponge n'avait pas eu aussi mal. Ce jour-là, il n'avait repris sa bienheureuse confusion des genres qu'en sortant du wagon à Lionel-Groulx, se hâtant vers le quai d'en face où l'attendait sa correspondance. Plus tard, campé sur ses ailerons dans la direction Honoré-Beaugrand, il reprenait son souffle et retrouvait ses facultés spongieuses, la sueur encore un peu suintante au col. En fait, je vais vous dire, ce n'était là qu'une des mille douleurs que l'Éponge épongeait chaque jour.

Dans le fond, c'était sa seule façon d'avancer: faire des habitudes de tout; une habitude du lever pour apaiser le premier contact avec sa peau chair de poule, le premier café âcre des mères, le corps maigrichon qu'il faut vêtir haillon après haillon, les bottes qui sentent fort le corps, les premiers pas au dehors.

Habitude après habitude, le temps est arrivé à passer, s'est amassé dans une brume forcément de plus en plus opaque, un rêve extraordinairement long, à demi éveillé, depuis qu'on a bien voulu le laisser en paix.

Le voilà donc aujourd'hui où nous l'avions quitté, dans le métro où il est monté bien sagement à la station Villa-Maria en ce petit matin de février qui devrait être pareil aux autres. Le voilà bien au chaud, suspendu dans sà chienlit interne. Regardez-le, magnifique dans un sens. Parce que s'il le voulait, il pourrait rester dans l'étouffe-maison, ne plus jamais mettre un orteil dehors. Ou encore ne plus jamais rentrer. Dire non au café des mères, leur dire non une fois pour toutes, le leur envoyer en pleine face.

Alors, l'Éponge frissonne sur son banc de métro d'azur, les oreilles pleines du vacarme de la bête qui l'emmène ventre à terre.

De profil, il peut se voir dans la vitre, voir ce qui, de toute évidence, doit lui ressembler. Mais il est habitué aux pièges, par exemple: «Regarde-toi, l'Éponge, vois ce que tu es devenu, ce que tu as fait de ta vie, ce que tu as fait tout court avec tant de talent artistique au départ, un tel gâchis, si c'est pas dommage, l'Éponge!» Il sait tout ça. Il ne veut pas détailler sa «petite tête de fouine», comme disaient les mères, ses cheveux courts très courts – les mères les lui coupaient avec la plus grande énergie, empoignant les ciseaux et faisant des crans dans son lot de crins. Il ne veut pas voir le front toujours suintant, petit, les yeux petits aussi qui dansent la gigue, les ailes de nez pincées, la bouche mince posée sur l'absence de menton, le corps d'avorton. «Une caricature, l'Éponge», disaient et pensaient ses collègues de bureau, et les mères aussi dans leur mansuétude de génitrices.

Le reflet le frôle, passablement flou. Une voix de femme chuinte les stations, Vendôme, Place-Saint-Henri, il fait chaud. L'Éponge desserre son foulard, hasarde un œil vers les âmes somnolant sous les plaques de néon. Une enfant aux cheveux lourds de boucles d'or danse autour d'une des rampes centrales. Le métro cahote.

Alors d'abord il y a eu la torpeur. Une simple torpeur à laquelle l'Éponge était habitué. Il la connaissait bien, savait quand elle commençait, comment elle finissait. En premier, l'engourdissement derrière les yeux et la nuque, la brûlure au fond de la gorge et sous les pieds, l'Éponge n'avait jamais compris pourquoi sous les pieds mais c'était comme ça et côté torpeur, il était passé maître. Il la cultivait, surtout au travail. Ailleurs, c'était trop dangereux de «perdre ainsi la boule», disaient les mères. Aussi, normalement, les matins normaux c'est-à-dire tous les matins jusqu'à ce matin-là, il chassait la torpeur entre Place-Saint-Henri et Lionel-Groulx, là où il lui faudrait bien descendre et ramper jusqu'au quai d'en face pour prendre la direction Honoré-Beaugrand vers la station Saint-Laurent non loin de laquelle l'attendaient ses honorés collègues.

C'est alors qu'il se passa quelque chose d'extraordinaire.

Que voulez-vous qu'on vous dise, il n'y a jamais eu d'explication. L'Éponge n'a jamais su comment c'était arrivé et quand il a tenté de se le demander, il était trop tard. En fait, c'est le reflet de ce matin-là qui a dû être la cause de tout. Parce que ce reflet-là ne ressemblait pas à ceux des autres matins. Celui-là s'accrochait à l'Éponge, lui collait à la ventouse, pas plus réaliste ou horrible que les autres, mais plus lourd, quasi caressant. C'est seulement quand il s'est réveillé qu'il a compris, le front tout en sueur, envoyant de tous côtés ses abattis. Il s'était endormi, une, peut-être deux minutes, sur le flanc de lui-même, collé à son reflet de joue.

Il a d'abord une terrible envie de vomir, une bave qui lui remonte l'œsophage avec des relents qui se bousculent. Ça ne va vraiment pas. Il faudrait se lever, mais la crise est là sous la forme d'une extraordinaire vague qui n'a nulle part où se loger dans sa condition naturellement mollassonne, pas le moindre petit recoin obtus, à angle plus ou moins ouvert ou fermé, aucun rond non plus suffisamment courbe pour s'y ancrer, bref aucune figure connue où se terrer, en attendant que ça passe.

Et donc, comme chaque fois que la panique entre en lui par quelque bout, il pisse sous lui, une chaleur glacée qui, comme chaque fois, a pour effet de le réveiller, puis de le calmer tout aussitôt, comme quand, il n'y a finalement pas si longtemps, il faisait pipi dans son sommeil et que les mères, ensemble ou à tour de rôle, le berçaient d'un bras tout en remettant de nouveaux draps de l'autre.

Le pire, c'est tous ces corps face à lui, à côté, partout. Depuis si longtemps qu'il fait le trajet Villa-Maria-Lionel-Groulx-Lionel-Groulx-Saint-Laurent sans se tromper, avec les quelques avatars dont on vous a déjà parlé mais quand même, rien de comparable à cette débâcle. Il tremble moins, ses yeux se rouvrent à moitié, le pipi lui fait glacé dans le pantalon. Ils n'ont rien remarqué. Le silence complet dans le vrombissement du sous-marin rasant les hauts-fonds, la même petite fille dansant autour du mât du transatlantique et un monde inconnu tendu devant lui, au-delà des colonnes d'Hercule.

Il faut faire quelque chose. Même s'il décidait de rester là, collé à son urine, il faudrait bien descendre un jour. L'idée que le temps passe ne l'effleure pas. Curieusement, car il est plutôt taupe et frileux, il ne se pose pas de questions du genre de qu'est-ce qui se passe au bureau, lui qui est si ponctuel, s'inquiètent-ils, téléphoneront-ils aux mères, les mères à leur tour s'en feront-elles tout un souci, descendront-elles alors quatre à quatre les escaliers du métro, poitrines en avant, le parapluie en arme, les quatrezieux protubérants? À cette image, l'Éponge esquisse un sourire sur sa ligne de bouche. Mais il renifle aussitôt le piège. Les quelques fois dans sa vie où il s'est laissé aller ainsi à quelque petite hilarité secrète, mal lui en a pris. Bref, il les a payés cher, ces quelques moments dans son existence où il aurait pu toucher au bonheur, ces petites heures de gaîté qui auraient pu lui réchauffer le cœur pour toute une vie s'il avait voulu ou s'il avait su, des gestes auxquels il préfère aujourd'hui ne pas penser de peur qu'eux aussi n'émergent de la haute mer.

D'abord, ne plus, sous aucun prétexte, se tourner vers le reflet. L'Éponge entreprend de le cacher du plat de la main. Place-d'Armes, la voix du commandant annonce la station Place-d'Armes. Il n'est jamais allé jusque-là. En fait jamais plus loin que Lionel-Groulx, combien de fois faudra-t-il le répéter. Se lever maintenant. Pendant qu'il est encore temps, avant que les autres passagers se rendent compte qu'il n'a rien à faire dans cette galère, qu'il est peut-être dangereux, qui sait un tueur en série qui, juste avant de sortir, tout en se dirigeant en zigzag comme un homme saoul vers la porte-glissière, va, c'est immanquable, prendre la fillette tournicotante aux boucles d'or par la gorge et la faire valser tout autour, les yeux pendants, la gueule béante avec la bave et tout le reste.

Eh bien, croyez-le ou non, l'Éponge se leva et tous restèrent silencieux, sans bouger. L'Éponge frôla un genou. Il frôla aussi la fillette tout occupée à son manège, reçut au passage un peu de sa peau trop blanche dans la prunelle, lui tourna subito presto le dos, aurait aimé tout aussitôt s'épandre comme une quelconque viscosité par la porte-hublot, dut attendre encore quelques mortelles secondes devant la coulisse qu'un nouveau monde lui ouvre sa pénombre.

L'Éponge posa un moignon sur le quai, puis l'autre. Le métro repartait, filait derrière lui dans un vacarme de ferraille. Vacillant sur ses ailerons, le cou en avant, chancelant à chaque glissade, l'Éponge avançait tout de même. Souffrant mais conscient qu'il ne pouvait rester ainsi, finir sa vie en hagard pisseux dans le métro. Car l'Éponge n'était pas fou.

À présent, il fallait trouver le quai de l'autre direction, Côte-Vertu, celle qui revenait en arrière, autrement dit sur ses pas, comprenez-vous?

Alors commença l'un des plus atroces périples de son existence. Car ici, il y avait partout ce qu'il détestait le plus au monde: l'Inconnu qui l'observait, comme dans les jeux de cours d'école de son enfance les plus sadiques où l'Inconnu le rabaissait à l'état de martyr, l'obligeait à demander grâce aux plus forts. Aujourd'hui encore, l'Inconnu jouait avec lui pour mieux le faire souffrir à petit feu tandis que lui, il hésitait au pied de l'escalier, lisait péniblement les cartes et autres plans, se hissait au haut des marches ondulantes pour retomber dans les profondeurs tête la première.

Car il y avait, quand il osait monter un peu, ce dehors qui filtrait son jour sale à travers les meurtrières du métro, la blancheur de ce matin de février grondante de rumeurs mêlées, encore plus dangereuse que l'enfer souterrain. Surtout, ne pas *trop* remonter, pas *trop* haut, se répétait alors l'Éponge, et ça faisait maintenant quatre fois qu'il montait l'escalier mécanique et redescendait l'escalier tout à côté, le cœur effrayé, quand il surgissait dans la station au niveau des rues, par ce qu'il pouvait entrevoir du pont de brume claire avec la guérite du capitaine de la place, l'œil du capitaine, c'est sûr à l'affût, l'arme au poing.

L'Éponge avait mal partout, il suait le chaud, sentait la pisse et la peur. On le bousculait, le houspillait. Tandis que, au bout de sa dixième remontée, l'Éponge bloquait l'escalier mécanique, il entendit le soupir excédé d'une femme qui réussit à le doubler en se bouchant le nez. L'Éponge aurait juré qu'elle s'était bouché le nez.

Le problème, voyez-vous, c'est qu'il fallait traverser le hall de la station Place-d'Armes au niveau des rues, courir droit devant, dévaler l'escalier d'en face pour prendre le métro dans la direction opposée, redescendre pour de bon, sans remonter cette fois, je vous le répète, vers la direction Côte-Vertu, c'est ça, Côte-Vertu, il l'avait vu et revu sur le plan aux couleurs enfantines.

Donner l'impulsion à ses moignons, courir très vite comme le soldat exposé au feu de l'ennemi et qui doit coûte que coûte regagner son camp. Et puis aussi, imaginez qu'il continue aujourd'hui, demain et l'autre demain encore à monter et remonter sa place d'armes, les gens finiraient par s'en apercevoir, par s'approcher, le renifler, l'arrêter peut-être sur un signe du capitaine à moins que le capitaine lui-même décide de le mettre en joue avec son fusil à métro.

Parce que c'est bien gentil, ce petit manège-là, mais ça ne doit faire qu'un temps. Pensez, si tous les usagers du métropolitain se mettaient à se poser des questions sans réponse, à remonter et descendre sans cesse, revenir dans leurs pas, dans les mêmes roulures et échelons d'escalier, tout finirait par s'arrêter à force de tourner en rond.

Alors l'Éponge se décida.

Il courut, enfin si on peut appeler ça courir, battant des ailes et des yeux paniqués. Et bien sûr, qui eût pu prédire le contraire car quel danger y avait-il en fait, on vous le demande, il se retrouva de l'autre côté de la chape blanchâtre de la station Place-d'Armes.

L'Éponge avait eu chaud, ils avaient bien failli l'avoir. Ce disant, il descendait d'autres gradins d'escalier, tendus sous lui en fils barbelés, qui lui chatouillaient l'aine à chacun de ses sauts de crapaud. Longea le quai inconnu, les publicités murales. Une ou deux âmes arrivaient, qui le frôlèrent, légères, en réalité totalement affairées à autre chose. L'odeur de pisse et de sueur de l'Éponge refleurit dans le halo blanc d'un métro qui accostait, lui tendait les bras.

Bonaventure, annonce une voix. Il faut regarder le plan dans le wagon, car il ne connaît rien de cette bonaventure-là. Une nuque lui cache le plan. Et l'Éponge n'a même plus idée de la profondeur où ils ont plongé.

Il en a assez d'être debout, louche vers la banquette vide, à côté. La tentation est forte pour l'Éponge de s'y asseoir, se ramasser sous lui. Car il faut éponger encore.

Digérer en sortant son estomac comme le font certaines de ses cousines des fosses océaniques et comme il le fait aussi de temps en temps, ce qui n'a rien d'étonnant puisqu'il est un des représentants les plus primitifs du règne animal.

On arrive à la station Georges-Vanier.

Les autres ne se doutent de rien. Peu nombreux, collés à leurs derrières.

L'Éponge ravale son estomac.

Reste maintenant à se préparer à descendre à la bonne station, ce Lionel-Groulx que la voix finira bien par annoncer. De la contenance, voilà, il faut qu'il se donne une contenance. Après tout, il en est capable. Il n'y a pas si longtemps, il travaillait, gagnait sa vie, vaquait à ses occupations, tout de même mangeait et buvait, dormait et, le matin, se levait, bref il n'était quand même pas une épave.

Alors son néant intérieur se teinte de rose, du rose tendre de l'élan d'affection qu'il a parfois pour lui-même quand il n'a pas le choix et que ses facultés spongieuses ne suffisent plus. Il va même jusqu'à penser une nouvelle fois à ses collègues d'escriptures. Se sont-ils enfin affolés en ne le voyant pas venir? Cela lui ressemble si peu. Et ils ont raison. En dix années de bureau assidu, il n'est arrivé en retard qu'une seule fois, quand il habitait ailleurs que chez les mères, s'était hasardé, le temps de quelques saisons, sur une terre du Sud, parfumée aux mille poisons.

Le vaisseau s'arrêtait régulièrement, repartait, fendait les rails en d'immenses gerbes d'étincelles. La rumeur des profondeurs grondait plus que jamais, faisait vibrer à l'unisson les âmes du wagon, certaines dressées sur leurs pattes, d'autres assises et penchées, toutes figées dans leur pause d'éternité entre deux ports.

L'éponge balaya de ses yeux plissés le pont et les transats couverts de corps morts. Il n'avait rien à craindre d'eux pour l'instant. Toujours debout, il osait même lorgner son reflet qui enflait démesurément dans la porte-hublot. Tout était bel et beau. Et la mer, surtout, était belle.

C'est à ce moment-là que la voix annonça la prochaine station. Namur. Ils l'avaient donc trompé, avaient fait exprès de taire la station Lionel-Groulx. La panique remonta. De plus, les âmes se mettaient à frémir, se hissaient de leurs hamacs avec effort, s'avanceraient bientôt dangereusement. Alors, la tête d'épingle dans les épaules, l'Éponge décida d'avancer à contre-courant, nagea jusqu'à une banquette encore tiède. Il les laisserait tous descendre, il ne les suivrait pas sur le quai de ce namur. Il descendrait à la station suivante ou à l'autre ou à l'autre encore, quand il n'y aurait plus que lui à bord parce qu'ils n'avaient aucun rôle à jouer dans son histoire et que toute cette misérable aventure ne les regardait pas.

L'Éponge serra les yeux.

Il faudrait bien descendre au terminus.

Il parlait si bas, le maudit malade, que je devais me pencher sur lui pour l'entendre, presque le toucher, et cette ébauche de contact me donnait la nausée. C'était vraiment l'homme le plus laid que j'aie vu dans ma vie. Petite tête, petits yeux comme il se décrivait lui-même parce que, c'est bien sûr, c'est de lui qu'il parlait.

Je n'avais rien à faire dans les clartés des surfaces, rien d'autre à faire que d'écouter son râle sans ton. Des fois, il bavait en parlant, et il sortait, pour s'essuyer la bouche, un grand mouchoir en tissu comme on n'en fait plus. Il se mouchait avec bruit quand l'envie lui en prenait, même au beau milieu d'une phrase, et son éructation se confondait avec les vibrations des pénombres ou avec l'alignement des portes saccadant toutes ensemble en deux temps comme les soldats à la guerre, qui, entre deux tirs, rechargent leur arme.

Alors il me conta Léa. Il lui donnait déjà sa voix.

Les chats de Léa

Léa dit:

Bonjour. Je m'appelle Léa. J'ai près de 26 ans. J'attends la mort, assise côté jardin.

Le soir tombe. Je regarde par la fenêtre de la cuisine. La cuisine et ses formicas sont propres comme du nickel. Je les ai nettoyés.

J'attendais une lettre d'Italie, en réponse à la mienne. Elle n'arrivera pas. Une autre est arrivée à la place. Ma mère est morte il y a deux semaines dans notre petit village de Ponte dell'Olio, provincia di Piacenza, Italia. Je n'ai pas eu le temps d'aller à l'enterrement.

Ce n'est pas qu'il n'est pas gentil avec moi. C'est qu'il n'a pas les moyens. De payer et de me rendre gaie.

Ma mère est morte au premier étage d'une maison de trois étages de la grand-rue de Ponte dell'Olio. Dans une chambre fraîche comme seules savent l'être les chambres qui ont connu la grosse chaleur, battue en cadence de valse par un rideau de dentelle blanc.

Et moi, je regarde le jardin pendant que plombe le soir. Moi, je ne mourrai pas, yeux papillons posés sur rideau de dentelle battant. À gauche, du côté de ce qu'on appelle ici un érable, l'ombre prend du corps. Et à droite aussi, ça ne s'arrange pas, tout cède au noir.

La cuisine est bien propre. Je ne me le serais pas pardonné, de partir comme ça et de laisser tout un désordre. La table en formica luit sous mes coudes fichés dans son vert d'eau. En tout cas, on ne pourra pas dire que Léa ne sait pas tenir maison.

Léa, la grande Léa. Elle a tellement voulu, essayé de si bon cœur. Ce n'est pas sa faute si tout finit de cette façon-là. Pas la faute de lui non plus. Il est si bête. Et on ne distingue plus l'érable. Il a plu durant la journée. Ce soir de fin d'été, je regarde à gauche, vers l'érable, puis à droite, vers un semblant de rosier et de la rhubarbe même pas bonne à manger partout dans l'herbe. Et aussi à droite, à l'extrême droite, près du *bambino*, les cadavres de mes chats, les quatre pattes en l'air, tout raides à cinquante centimètres sous la terre.

Le premier était, comment dit-on, très espiègle. *Rosso* jusqu'au bout des griffes, jusque dans les yeux. La voisine, un personnage important dont je vous reparlerai plus tard, me l'avait donné en me disant qu'il m'amuserait. Je ne sais pas pourquoi, elle me pensait malheureuse. Il faut dire qu'elle, elle chante tout le temps, un vrai rossignol on dit dans le quartier. Seulement voilà, Giôrgy ne l'a jamais aimée. Il se bouche les oreilles quand il l'entend chanter à travers le mur du jardin. Giôrgy n'aime pas ce qui veut être gai. Tenez, je revois encore sa face quand je suis revenue avec mon petit espiègle au creux de mon tablier. Moi, je dansais dans la cuisine. J'étais encore jeune du cœur à l'époque.

— Un petit chat, un *gattino*! Ça va nous rendre plus gais, je lui ai dit.

Je ne me souviens pas de ce qu'il a répondu.

Je me rappelle avoir donné du lait au petit chat dans une soucoupe et l'avoir entendu boire bruyamment avec une grande joie.

Le lendemain matin, mon petit espiègle *rosso rosso* avait disparu. Je l'ai attendu toute la journée et encore le soir. Il n'est jamais revenu. Le lendemain, la voisine m'a dit entre deux vocalises qu'elle m'en trouverait un autre. Je l'ai dit tout heureuse à Giôrgy. Je ne me souviens pas de ce qu'il a répondu.

Le deuxième, je l'ai appelé Orfeo Negro. Lui, j'ai eu le temps de l'appeler parce qu'il a duré sept jours, même huit si on compte celui de sa mort. Il était noir comme son nom le dit. *Magnifico*. Avec les yeux de Lucifer. De lui aussi, j'ai dit à Giôrgy en revenant avec Orfeo au creux de mon tablier:

— Regarde, une autre chance d'apprendre à être plus gais! Tu vas voir, avec lui, ce sera facile, on n'a qu'à le regarder!

Celui-là, je pense bien qu'ils ont dû l'enterrer vivant.

Vous comprendrez que je ne voulais plus de chat. On ne prend pas un animal pour se le faire tuer quelques jours plus tard. Mais ma voisine ne l'entendait pas de cette oreille. Entre deux cours de bel canto, voilà qu'elle vient me voir un beau matin avec un chat blanc. Pas un chaton. Un gros chat blanc qui grogne, siffle, sort ses griffes pour un rien. Des poils longs neige sale qui le font encore plus énorme. Celui-là, je ne l'ai pas mis au creux de mon tablier.

J'ai dit à Giôrgy en montrant du doigt le gros chat blanc perché sur la table de la cuisine, crachant tout ce qu'il savait:

— Il ne nous apprendra pas à être plus gais ce chat-là. Tuez-le comme vous avez tué les autres!

Giôrgy m'a regardée en lissant son menton, il a regardé le chat. Il n'a pas répondu.

Cet affreux chat a duré un an. L'été, il n'a pas voulu sortir et puis il y a eu l'hiver. Vous me direz que j'aurais pu l'enfermer dans une pièce mais il aurait fallu que je puisse le prendre. Parce qu'il avait encore grossi pendant tous ces mois. Ce n'est qu'une fois l'été revenu, quand je me disais que cet affreux chat allait peut-être enfin accepter de sortir, arrêter de me fixer dans les yeux en me crachant dessus toute la journée, c'est seulement à ce moment-là que l'affreuse bête a disparu.

Je n'ai jamais su comment ils s'y sont pris pour le capturer et l'enterrer.

*

34

Vous l'aurez deviné, Léa dit n'importe quoi. Ou presque. Car Léa était effectivement née en Italie, plus précisément et comme vous le savez déjà, dans le petit village de Ponte dell'Olio, province de Plaisance, où bien des gens n'ont jamais mis les pieds. Mais vu ou pas vu, il fallait toujours lui dire et redire que c'était le plus beau pays du monde. Ça en devenait agaçant mais on n'avait pas le choix.

— Tu ne peux pas savoir, c'est si beau là-bas, le vent est si doux, surtout avant le souper, quand l'air tiédit, que les jeunes filles sortent, bras dessus, bras dessous, pour danser sur les trottoirs. Quels parfums alors! Tu ne peux pas avoir idée, tu n'y es jamais allé...

— Mais enfin, Léa, il y a d'autres coins du monde sans doute tout aussi beaux...

Elle tapait du pied et ses yeux noirs lançaient des éclairs.

— Non, il n'y a rien de plus beau, ce n'est pas vrai! Tu dis ça uniquement pour me faire de la peine!

— Mais tu n'as pratiquement rien connu, pauvre grande Léa, que ton village natal et cette terre d'érable où tu meurs d'ennui. Comment peux-tu être aussi catégorique?

Alors, vite à bout d'arguments, elle faisait la moue et allait chercher quelque chat dans la maison ou dehors et le tenait très fort contre elle en reniflant.

Léa avait douze ans lorsque son frère Dino, devenu le chef de famille après la mort du père, décida de la faire venir à Montréal. Là-bas, il ne resterait plus que la mère qui ne pouvait faire le voyage. Alors, un beau matin, Léa dit adieu à la *mamma* et partit pour l'autre côté du monde, les yeux encore pleins de soirs aromatiques, le cœur gigotant de chuchotements de jeunes filles.

Le frère était autoritaire et relativement pauvre. Léa allait à l'école où elle n'était ni bonne ni mauvaise, ni belle ni laide. Trop grande, trop osseuse avec de trop grands yeux qui lui mangeaient la face et l'intelligence avec. Car elle n'était pas très brillante. Comment disaient ses professeurs déjà? Trop émotive.

Cette émotivité à fleur de peau n'était pas sans lui jouer des tours.

Ainsi, dans son apprentissage du français, il y avait des mots qu'elle refusait de prononcer.

— Et pourquoi, Mademoiselle Léa, ne voulez-vous pas dire les mots «tuer» ou «achever»? Ce n'est pourtant pas si difficile, il s'agit seulement d'ouvrir tout grand la bouche... Pas les yeux, Mademoiselle Léa, la bouche! Vraiment, je ne comprends pas. Il ne vous est donc jamais arrivé de respirer par la bouche?

Et sa manie de s'enfermer dans ses romans-photos. «C'est là qu'elle vit», disait le grand frère, et il n'avait pas tort.

Et puis il y eut une dernière fois. La petite chambre, le petit roman-photo, le petit appartement. Un jour, le grand frère dit:

— Écoute, Léa, tu n'es même pas bonne à faire la cuisine. Je vais me marier pour ne pas mourir seul et toi, tu ne peux pas faire des études pour t'enrichir, et tu es trop stupide pour te trouver un mari. Je n'ai pas d'autre choix que de t'abandonner.

L'année et les quelques mois qui suivirent, il ne se passa rien. Restée seule, Léa s'ennuyait, bâillait à qui mieux mieux entre deux magazines, ne sortait du logis que pour un ou deux ménages vite faits chez une vieille dame fort peu sympathique de l'immeuble, un travail que la concierge lui avait trouvé et dont elle s'acquittait avec de grands soupirs et peu d'énergie. Enfin, ainsi, elle avait de quoi manger, se faire cuire ses spaghettis et s'acheter ses romans-photos.

*

Léa dit:
Il n'était pas beau. Je ne sais pas ce qui m'a attirée chez lui, si quelque chose m'a attirée parce que, vous savez, je ne suis plus sûre de rien.
C'était un dimanche. Au mois d'août, fin août, après les chaleurs suffocantes de la ville. Je les avais vécues enfermée dans mon deux-pièces, lisant et relisant mes magazines, ne mangeant presque plus. Parce qu'il faut vous dire que j'étais devenue très maigre, ma mère aurait eu peur si elle m'avait vue. Heureusement, elle ne me voyait pas. Elle, elle tournait encore dans les parfums du soir, cousait des robes de mariée pour mes amies, m'écrivait des sornettes et me croyait heureuse. C'est par elle que j'avais appris que Dino s'était trouvé une femme, une Italienne du Nord comme lui, comme nous. Il avait fait une grande fête. «Ton frère est désolé, *piccolina*, m'écrivait ma mère, il a oublié de t'inviter, tu sais comme il est distrait. J'espère quand même que tu lui feras un cadeau.»

Mais revenons à ce dimanche de fin août. Il faisait doux, pas trop chaud. Je n'avais plus rien à lire et relire, de ces mots tendres qui me chaviraient le cœur. J'ai donc décidé d'aller acheter un peu de ma nourriture de rêve au dépanneur. Parce que je ne suis pas dupe, vous savez. Je ne suis pas très intelligente mais je sais bien que ça n'existe pas vraiment dans la vraie vie, ces belles histoires d'amour-là.

Il était déjà là, dans le dépanneur, quand je suis entrée. Il me tournait le dos. Un dos puissant sous une veste de grosse laine, je n'en avais jamais vu d'aussi grosse, peut-être aussi que c'était de la fausse laine. En tout cas, il n'avait pas l'air d'avoir chaud. Je pense que c'est ce qui m'a amusée, ce dos faussement puissant sous cette fausse grosse laine-là.

J'ai ri, comme attendrie.

Il ne s'est pas retourné. Il y a eu comme une vague entre les deux épaules qu'on devinait finalement plutôt malingres. Je l'ai légèrement contourné sur la gauche. Il refusait toujours de me regarder, fixait la rangée des soupes en boîte. Non, vraiment, il n'était pas beau, ses tout petits yeux n'arrêtaient pas de tressauter. Et puis sa voix comme fluette:

— Croyez-vous que je devrais prendre une soupe à la tomate ou poulet et riz?

Que voulez-vous, j'étais seule depuis si longtemps. C'est bien simple, les larmes me sont montées aux yeux.

— Vous comprenez, il a précisé (et je sentais qu'il était aussi ému que moi), c'est pour ma vieille maman et ma sœur folle. Elles ne mangent pas n'importe quoi.

— Bien sûr.

Je le couvais du regard. Il a semblé hésiter quelques secondes, ses mains un tantinet tremblantes couraient sur les boîtes de conserve. Puis il s'est détourné. Finalement, il est sorti sans avoir acheté de soupe.

Je l'ai revu deux mois plus tard. L'automne s'était installé, soufflait un air acide dans le dépanneur. Cette fois, son dos portait un imperméable en faux cuir, trop court, au col crasseux. Il était toujours aussi mouvant, les yeux en perpétuelle danse, les cuisses sans doute frêles, flageolantes. Il était timide, quoi, et vous savez, j'en avais connu des timides de ce genre dans les deux mille huit cent soixante-deux romans-photos que j'avais lus. L'héroïne se décide à prendre les devants. Elle dit quelque chose comme «Il ne fait pas chaud aujourd'hui…» ou «Aimez-vous les chats?», et la glace est rompue. Ils s'embrassent sur la bouche deux pages plus tard.
J'ai dit:
— Bonjour. Vous vous êtes décidé pour la soupe en boîte?
Il a dit:
— Non, cette fois, il faut que j'achète de la sauce tomate. Ma mère et ma sœur ont décidé de manger des spaghettis ce soir.
— Des spaghettis?
Mon cœur ne se tenait pas de joie.
— Je suis italienne de naissance, vous savez. Voulez-vous que je vous aide à choisir? Je pourrais même vous proposer de faire cuire les spaghettis chez vous, les pâtes,

c'est ce que je fais de mieux en cuisine, mais je ne voudrais pas m'imposer.

Alors il m'a regardée, je dirais intensément. Vous ne pouvez pas savoir ce que ça m'a fait. Une mèche de cheveux de couleur indéfinissable lui poissait le front, juste à côté d'un bouton pas cicatrisé. Une bouffée de tendresse m'a rempli la bouche. Tout cela était si beau. Grandiose. Un grand moment. Ou plutôt un moment parfait, voilà le mot.

Et puis il m'a dit, de sa petite voix inimitable:

— C'est très gentil, mais comme je vous l'ai appris l'autre fois, ma mère et ma sœur sont folles. Elles ne supporteraient pas.

Ce genre-là aussi, je l'avais vu dans mes romans-photos. Ces hommes-là fondaient normalement à la dixième page.

J'ai tapé du pied et j'ai crié:

— Alors je veux vous revoir demain! Ici à la même heure, vous m'entendez?

Et je l'ai laissé, les yeux tressautant plus que jamais, les mains balançant au-dessus des sauces tomate en boîte.

Le lendemain, il était là avec son imperméable sale, sa mèche crasseuse, son bouton et l'expression de douleur que je m'entêtais à lire dans ses yeux.

— On sort? Il fait beau, on va prendre l'air?

Il n'a dit ni oui ni non.

*

Vous l'aurez compris, Léa dit décidément n'importe quoi même s'il y a du vrai dans ce qu'elle vient de raconter. Il faut bien comprendre surtout que Léa était une jeune femme terriblement entêtée, ce n'était d'ailleurs chez elle ni une qualité ni un défaut, disons plutôt une façon d'avancer dans la vie car elle était d'une grande sottise. Trop naïve d'abord, vous l'aurez constaté, et incroyablement superstitieuse. Toujours à avoir peur de tout et de rien, d'une ombre, des orages, du noir, d'un chat qui traverse la rue.

Son entêtement avait eu raison de Giôrgy comme elle disait en ouvrant enfin la bouche. Lui, il ne faisait que l'entrebâiller, effrayé par le charme à la fois dur et fragile de la grande Léa.

Pauvre petite Léa plutôt.

Car c'est vers le malheur qu'elle courait.

Ainsi, le premier jour où, le petit cœur battant et les yeux béant jusqu'à la moelle, elle rencontra la belle-famille dans l'étouffe-maison.

Il y avait eu le métro et l'autobus.

Il lui avait dit:

— Vous savez, je fais ce trajet tous les jours.

— Ah?

Il y avait du monde dans l'autobus, ce vendredi après-midi vers 5 h 30. Seulement quatre arrêts, ce n'était pas long, le temps quand même d'être un peu trop serrés. L'haleine, surtout, qui ne sentait pas les roses de l'amour et le parfum aigre s'élevant en spirales des aisselles. Du haut de ton un mètre soixante-sept, Léa, en quelque sorte, tu jubilais et ta joie se déversait par flots de ton sourire.

— Elles sont malades. Ma mère a le cœur tout le temps à l'envers. Ma sœur, c'est la tête.

— Ah?

On était au début du printemps, un crépuscule pisseux de neige sale.

— C'est là qu'on descend.

— Ah?

Léa se dit qu'il ne descendrait bientôt plus là, qu'elle le ferait habiter ailleurs après leur mariage, dans une belle banlieue du Sud où il ferait toujours soleil.

Elle était venue une fois déjà chez Giôrgy, il n'y avait pas si longtemps. Elle n'était pas restée longtemps non plus. Cette fois-là, ils avaient descendu la grande rue à partir de la station de métro, sans prendre l'autobus. Ils étaient à peine entrés dans la maison qu'ils étaient ressortis, comme des voleurs. Elle s'était quand même amusée à laisser le ticket de correspondance dont elle ne s'était pas servie sur un horrible buffet noir de l'horrible salle à manger. Puis ils étaient repartis et Léa s'était dit que Giôrgy n'était pas prêt pour la présentation officielle. Elle l'avait excusé, elle avait lu des choses semblables dans ses romans-photos.

Mais aujourd'hui, c'était autre chose. Le grand jour était arrivé, comme on dit. Ils traversaient la grande rue. D'instinct, elle lui prit la main. Une envie d'enfant comme elle en avait souvent. Le ciel ne s'était pas arrangé, plus lourd que jamais. Giôrgy dégagea ses phalanges.

Ils prenaient la rue transversale. Ils n'étaient pas sur le bon trottoir, durent bien sûr traverser. De nouveau, elle voulut lui prendre la main. De nouveau, Giôrgy se dégagea.

— Voilà.

Ils avançaient dans la courte allée vers le bête perron en ciment. La grande Léa lécha de regards craintifs la façade grise et plate de l'étouffe-maison, les trous noirs qui servaient de fenêtres, la fausse galerie devant, la porte faussement lourde qui s'ouvrait à contrecœur.

«Pas de rideau de dentelle qui bat de l'aile ici, Léa, rien ne sort ni ne rentre, pas le moindre petit parfum de soleil. Mais tu es si entêtée. Tu ne veux déjà plus te rappeler nos après-midi de faux amants où tu parles pour deux pour oublier mes silences, les gestes que tu fais pour moi, les désirs que tu devances alors qu'ils ne sont même pas, cet attrait que j'ai pour toi et que je crois n'être qu'une intense curiosité.»

La porte à peine ouverte s'est refermée derrière eux. Sans grand bruit parce qu'il n'y a pas de grands bruits dans cette maison. Des frôlements, des murmures, un monde de pénombres qui se caressent, se fondent et se réséparent.

— Je suis sa sœur.

— Ah?

La petite maigre s'approche en boitant. Une voix de crécelle qui sonne dans l'air froid.

— Jojo m'a parlé de toi.

On ne lui a pas proposé de retirer son manteau. Léa ramasse son courage, s'avance vers la grande pièce toute noire avec des reflets de nuit de neige collés à la fenêtre.

Il n'est même plus là, à ses côtés. Parti voir sa mère dans sa chambre, parce que la mère n'est pas bien.

— Tu veux de la tisane?

Le sac d'os la frôle, dit qu'elle passe à la cuisine. Puis Léa entend de l'eau qui bout frénétiquement.

Léa se lève d'un bond.

— C'est insupportable!

— Quoi? Qu'est-ce que tu dis?

L'autre s'affaire dans la cuisine. Le cœur de Léa se calme.

— Rien, je voulais dire…

La sœur revient de son pas claudicant, une tasse d'eau chaude à la main, et son ombre plate réussit à remplir la pièce.

Alors, Léa a un sourire exquis.

— Oh rien, je disais seulement qu'après notre mariage, Giôrgy et moi irons vivre sur une terre baignée de soleil, sur la Rive-Sud, à Longueuil. Vous connaissez? Giôrgy et moi en parlons souvent.

L'autre reste muette, comme suspendue dans l'air. Il fait si noir à présent qu'on ne se voit presque plus.

La voix de l'autre, le fiancé:

— Je vais te raccompagner.

Il l'a prend par le coude. Ils repartent vers la porte, sans se retourner.

La grande Léa entend la boiteuse qui les suit en leur prédisant de la pluie, beaucoup de pluie pour le lendemain.

À ce moment précis, tirant l'avorton par la manche pour qu'il marche un peu plus vite, Léa éclate de rire.

Léa, je peux bien te le dire, ce jour-là, il était si beau, ton rire.

Léa et Giôrgy se sont mariés l'été suivant. Pas de fête et pourtant, Dieu sait si Léa aime les fêtes. Il y a là la mère et la sœur en noir, pas d'amis, pas le frère Dino dont le fils a la varicelle, et qui avait pourtant promis de venir. Seulement la concierge de Léa qui lui trouvait des petits boulots et la trouve si gentille, surtout de l'avoir invitée. Très touchée, elle-même se sent si seule depuis que sa fille a quitté la maison. À propos de départ, alors ça y est, bien vrai, les tourtereaux ont trouvé quelque chose, une belle maison à Longueuil? Formidable, même si je perds une bonne petite voisine, si discrète et toujours souriante, un petit oiseau, il a bien de la chance, ce Monsieur Giôrgy qui t'épouse ça, qui va te la mettre dans son petit nid tout chaud.

Entre la brochette de poulet et riz et la tranchette de gâteau au fromage, dans le restaurant grec pas cher et qui fait en plus des prix pour l'occasion, les joues colorées de vin rouge au carafon, Léa se dit que, tout de même, c'est vrai qu'elle a de la chance. Malgré quelques sales côtés qu'on n'est pas obligé de regarder, l'histoire est assez romantique, surtout le hasard de la rencontre, sa propre hardiesse et même l'ennui solide mais, dans le fond, assez aristocratique qui émane de son mari. Elle envoie un sourire béat à la mère et la sœur qui mangent à leur manière de folles, du bout des dents, le nez et les yeux dans leurs assiettes. Ah oui, elle regrette bien sûr que sa mère ne soit pas là. Mais le voyage coûte cher, la *mamma* est malade et puis elle n'a pas non plus manifesté le désir de venir dans ses dernières lettres. Elle viendra pour la naissance du premier.

— Alors je lève un toast aux jeunes mariés! dit la concierge en enfournant une dernière bouchée de gâteau.

Elle a l'air heureux pour eux, et il y a des larmes sincères dans ses yeux.

Giôrgy et Léa lèvent leur verre. La mère et la sœur ne bougent pas, raides sur la banquette dans leurs robes de deuil.

La concierge fait un gros baiser à Léa tandis que Giôrgy règle l'addition.

— Je vous remercie d'être venue, dit Léa à la concierge. Nous emménageons ce soir à Longueuil. Je ne vous reverrai plus.

Ils sortent. La concierge part tout droit, solide sur ses lourdes pattes, suant dans l'après-midi d'été. La mère et la sœur redescendent bras dessus dessous la grand-rue, trottinant serré d'un boitillement uni de vieille femme. Léa se tourne vers Giôrgy, lui prend le bras, le fait obliquer vers l'autre côté, vers le métro Villa-Maria.

Logiquement, après, il aurait dû y avoir la nuit de noces. Léa l'attendait sans l'attendre. Une chose est sûre, elle fut héroïque. Parce qu'il faut le faire quand même, supporter la caresse qui tremble, aider parfois, prendre un brin d'initiative alors que tout ce que l'on sait dort dans l'eau rose des romans-photos, l'haleine surtout, surtout l'haleine.

Les autres soirs, il ne la retoucha guère, elle eut la mansuétude de penser qu'il attendait de faire mieux, espérait, la respectait et toute cette sentimentalité qui lui peuplait la tête. Et puis, elle ne se plaignait pas, sa cuisine aux formicas multiples l'occupait de plus en plus, le jardin aussi, les quelques jours de pluie qui précédèrent le premier hiver, les courses à l'épicerie où il lui fallait compter, additionner sans cesse pour être sûre d'avoir assez d'argent arrivée à la caisse. Parce qu'il lui donnait toujours juste assez.

*

Quand nous nous sommes mariés, tu ne savais faire ni le ménage ni la cuisine. Tout brûlait sur la cuisinière et le formica n'était jamais nickel. C'est bien simple, tu ne savais rien faire. Je ne t'ennuyais pas encore. Un jour, tu m'as dit:

— J'ai rencontré la voisine, elle est très gentille. Elle connaît l'italien, tu sais, enfin, elle chante en italien. Elle fait des vocalises. Elle m'a montré comment faire. J'ai essayé mais je n'y suis pas arrivée.

Et tu as ri aux éclats de verre, en faisant des vocalises.

Tu ignorais encore que notre rossignol de voisine aimait à la folie fourrer son bec dans les affaires des autres, se nourrissait de vermine et avait le cœur aussi sec que celui d'un rat d'égout en mal d'excréments.

Tu ne savais pas. Tu ne savais rien encore. Tu ne t'ennuyais pas encore. Tu aimais la maison, notre «Terre» comme tu l'appelais, où tu ne savais rien faire de bon. Parfois, nous allions chez la mère et la sœur et tu te laissais guider, docile, nos corps se laissaient tranquilles, je commençais à m'habituer à toi, à ne plus avoir aussi peur. Et puis tu as commencé à t'ennuyer.

Et puis il y a eu le chat.

Et puis l'ennui a commencé à creuser ses rides autour de ta grande bouche qui s'ouvrait de moins en moins grand. Un pan du ciel de Ponte dell'Olio, le village natal, s'était immobilisé dans le ciel d'hiver et de perpétuel printemps sale, quelque part dans l'érable. Quand le soir tombait, assise dans la cuisine, tu regardais droit dans le cœur de ce pan de ciel-là et tu respirais très fort. Tu me disais que ça sentait chez toi, les parfums forts des jeunes filles et les nuits chaudes qui collent à la peau et la famille qui sue, qui chante et qui boit et qui mange, et la musique.

Et puis l'ennui s'est installé pour de bon autour de tes lèvres, de tes yeux, est venu pendre à ton cou. Je partais de plus en plus tôt, revenais le soir toujours plus tard, marmonnais avoir raté des métros. Je n'avais plus peur de toi, j'avais peur de ton ennui qui suintait maintenant de partout. En attendant, tu t'étais mise à frotter, à astiquer tes formicas tout en faisant cuire tes spaghettis. La voisine t'avait donné une petite télévision noir et blanc que tu dévorais quand je n'étais pas là, je n'ai jamais su regarder la télévision. La cantatrice était toujours aussi bonne pour toi, elle attendait son heure de charognarde et toi, tu t'émouvais de la pitié que tu lui inspirais. Tu lui disais:

— C'est bien vrai que je suis à plaindre, mais il y a des femmes plus malheureuses que moi, vous savez...

Et tu arrivais à cacher quelques dollars chaque semaine sur l'argent des courses pour acheter tes romans-photos.

*

— Viens, mon beau chat, viens voir ta future maîtresse, elle est bien fine, tu sais, il faudra être fin avec elle.

C'est en ces termes que le rossignol de Longueuil introduisit le chat blanc dans la petite cuisine aux formicas de Léa.

Mais comment penser qu'un chat, aussi gros soit-il, puisse terroriser une grande jeune femme? Il faut être folle pour réagir de cette façon. La voisine commençait d'ailleurs à se poser de sérieuses questions sur Léa. Folle, c'est ça, il ne fallait pas être normale pour perdre ainsi ses chats les uns après les autres. Et dans son cœur desséché, elle se mit à penser: «Pas rassurante, la grande

Italienne avec ses yeux noirs de folle.» Et sa manie de rire et pleurer en alternance, sa fébrilité, son impatience. Dans le fond, il était bien bon, le petit monsieur, de l'endurer, de lui donner à boire et à manger, de la laisser lire ses magazines et rêvasser toute la journée. D'abord, lui reprendre la télé, trouver le premier prétexte et rapatrier l'appareil, elle avait été trop bonne et voilà ce qui arrive quand on est trop bon avec les gens.

Aussitôt dit, aussitôt fait. La voisine reprit sa télévision et ravala à jamais ses vocalises et son amitié. Léa se retrouva seule avec, pour seule compagnie, son formica, l'érable et l'affreux chat blanc. Cet hiver-là, elle décida de ne plus quitter la maison, enfin le moins souvent possible, une ou deux fois par semaine pour aller à l'épicerie et revenir en vitesse, gelée, les yeux sur la fenêtre de la petite maison de béton avec le chat qui grogne à travers la vitre.

À la fin de l'hiver, Léa ne sortait plus de la cuisine, laissant le reste de la maison à l'affreux matou. Il faut croire qu'à la longue, Giôrgy commença à s'émouvoir. Un matin frisquet de printemps, Léa chercha en vain le gros blanc. Elle le croyait caché quelque part, prêt à bondir sur elle sans prévenir. Elle eut la panique au cœur toute la journée. Quand Giôrgy rentra, elle lui dit:

— Tu sais, je ne retrouve pas le gros blanc. Je ne peux pas penser qu'il soit parti. Il n'aimait pas sortir.

Il ne la regarda pas, haussa les épaules, accrocha son manteau, son haleine sentait encore plus fort que d'habitude.

*

Léa dit encore:

Il est temps que mon histoire s'achève. Maintenant, la voisine me croise sans me regarder, elle ne me donne plus de chats et elle a dit à la dame qui tient le dépanneur que j'étais folle. Je les ai entendues l'autre après-midi. On aurait dit qu'elles faisaient exprès de parler fort pendant que je fouillais dans le coin des magazines.

— C'est son mari qui est à plaindre.

— Moi je vous dis que c'est la faute à l'hiver, ces gens-là ne sont pas habitués au froid, à la neige.

— Moi je dis qu'elle n'a pas toute sa tête. Passer trois chats en même pas trois ans.

— Et maintenant, elle raconte qu'elle est enceinte.

— Non, vous n'êtes pas sérieuse?

— Mais oui, elle a acheté une revue de future maman l'autre jour, remarquez que ça la change de ses romans-photos.

— Alors on peut s'attendre au pire. Après les trois chats, le petit! Vous verrez que j'ai raison. Et puis qu'est-ce qui nous dit qu'elle n'invente pas tout ça?

Voilà ce qu'elles hurlaient, ces horribles femmes, et je n'invente rien.

Je n'ai pas inventé non plus que j'attendais un bébé. Au moins, un bébé, ça ne fait pas peur, n'est-ce pas?

Vous me direz qu'il y a quelque chose qui ne va pas là-dedans vu que je vous ai laissé entendre qu'on ne se touchait presque plus, Giôrgy et moi. Eh bien, une nuit, pendant qu'il dormait, j'ai réussi à avoir cet enfant, voilà tout, en serrant les yeux très fort.

En tout cas, un soir, je lui ai dit:

— Giôrgy, j'attends un *bambino*! Un *bambino*, Giôrgy, il va nous apprendre à aimer la vie!

Je ne me souviens pas de ce qu'il m'a répondu.

J'ai perdu l'enfant au deuxième mois, enfin je pense que c'était le deuxième mois. Mais non, qu'est-ce que je raconte, c'était beaucoup plus tard puisqu'il était déjà formé, les bras, les jambes et tout et tout. Sorti comme ça bêtement de mon ventre sans prévenir. Je me revois, couchée sur mon lit, pleurant dans toutes sortes de liquides gluants. L'enfant ne bougeait pas mais il vivait, je suis sûre qu'il vivait avec sa petite poitrine bombée qui frissonnait. Giôrgy est entré avec la boiteuse. On aurait dit qu'ils savaient, qu'ils attendaient depuis des heures de l'autre côté de la porte.

J'ai dit:

— Giôrgy, regarde le *bambino*, il est sorti!

Je crois qu'il est allé dans la cuisine, est revenu avec des ciseaux et a coupé le cordon. Il a pris le petit en le tenant à bout de bras, comme s'il avait peur de se salir. J'ai vu son ombre à elle, dans la cuisine. Ils ont refermé la porte derrière eux.

Je ne vous dis pas toutes les méchancetés qu'ont ensuite susurrées les femmes au dépanneur. À les entendre, c'était moi qui avais tué le petit enfant vert aux yeux de noyé. Elles se demandaient aussi où j'avais pu l'enterrer. C'est Giôrgy qui m'a rapporté leurs paroles parce que moi, je ne sors plus, mais alors plus du tout. Je frotte, la tête et le cœur vides. Je regarde la terre. Je me dis que je pourrais aller gratter la terre avec mes ongles et aussi trouver la pelle parce qu'il doit bien y avoir une pelle ici pour qu'ils puissent tous les enterrer de la sorte en deux temps, trois mouvements.

Et voilà. Maintenant, comme je vous le disais au début, j'attends la mort. Hier soir, Giôrgy est allé se coucher sans même manger ses spaghettis et c'est comme s'il m'avait dit qu'il retournait chez les mères.

Et puis ce matin, avant de fermer la porte, c'est comme s'il m'avait dit:

— Adieu, Léa.

Alors on est restés comme ça, l'un en face de l'autre, quelques secondes, une minute peut-être. Le grand miroir de l'entrée de notre belle demeure nous renvoyait nos ombres irisées dans le gris-bleu du petit matin. C'était beau. Grandiose. Un grand moment. Un moment parfait, c'est le mot. Lui, la main sur la poignée de la porte, le porte-documents de l'autre main, le corps légèrement incliné vers l'avant, le pardessus entrouvert sur son corps svelte, sa taille fine, l'élégante cravate au cou tout doux, les jambes prêtes à rebondir, à se tourner vers

53

l'autre sens mais encore immobiles dans un mouvement galbé, le pied droit en l'air, aérien, le visage torturé, les yeux profonds, dévorants, me mangeant toute crue, l'adorable mèche brune souple et odorante bouclée sur le grand front lisse en accroche-cœur et ce parfum de musc et de lavande qui flottait tout autour… Moi, grande et frêle, les cheveux de geai recueillis en un ample et généreux chignon, les épaules nues, le cou orné de pierreries étincelantes, la taille et les hanches soulignées et perdues à la fois dans la draperie de ma robe d'intérieur chamarrée, le petit pied en l'air dans sa pantoufle à pompons à la Cendrillon et surtout, le bras nu tendu en avant dans un geste, vous l'aurez deviné, de supplication. C'était *magnifico*, je vous dis. À vous couper le souffle. Et puis, que voulez-vous, la porte s'est refermée et le miroir, bien sûr, s'est brouillé.

Léa veut dire encore:

À présent, comme je vous l'ai dit et redit, j'attends la mort. On ne pourra pas conter que mes formicas ne brillent pas. J'ai lié ensemble mes romans-photos avec de la ficelle et je les ai mis dans un coin à côté de ma petite valise. Ce sera plus facile pour les jeter. Parce que je suis sûre que ce sera la première chose qu'ils feront.

Je me demande quand même où ils vont me mettre. Avec les chats? Entre les chats et le *bambino*? Ils devront peut-être les déplacer pour me faire un trou. Tout a dû être mesuré à l'avance parce que le jardin n'est quand même pas si grand. Je crois deviner les yeux de l'affreuse voisine à vocalises qui scrutent le noir au bout de ses jumelles.

C'est la vérité. Comme est la vérité l'érable maintenant dessiné de cendres et l'herbe tremblotante dans sa maladresse, et moi dans la lumière qui tombe trop blanche dans la cuisine. Comme est la vérité leur pas à l'unisson venu du métro, qui se fait plus net sur l'asphalte de la rue, se rapproche, se couche sur le gazon.

Les éponges sont des êtres toujours fixés;
on n'en connaît pas encore de flottants; ce-
pendant leurs embryons passent une courte
période de leur existence à l'état de larves
ciliées pouvant nager.

La jeune éponge

Vous souvenez-vous où on avait laissé l'Éponge?
continuait mon maudit fou sans me donner le temps de
souffler, sans même s'arrêter pour se moucher.

Eh bien, entre-temps, l'Éponge avait fait au total
quatre fois la ligne orange, une fois dans le sens Côte-
Vertu/Henri-Bourassa, une fois dans l'autre sens, et vice
versa. Un périple éprouvant qu'il avait accompli avec
l'héroïsme qu'on lui connaît.

Le voilà qui accoste le quai de la côte de la vertu
direction derechef Henri-Bourassa, quelle autre aurait-
il pu prendre. Avec tout ça, le temps a passé, plus d'une
heure, peut-être deux, et Lionel-Groulx lui aussi est
passé et repassé sans qu'il ose mettre le pied sur la terre
ferme. Les seuls mouvements qu'il s'est autorisés, c'est
la reptation jusqu'à la portière quand sonne le terminus,
la reptation encore sur le sol des stations, puis la montée

et la déscente des escaliers et, à peine arrivé en haut, à la hauteur des rues dont on sent l'haleine au travers des murs, la course éperdue vers le bas.

Il doit être midi. Et l'Éponge est exactement entre les stations Vendôme et Place-Saint-Henri, direction Henri-Bourassa, bien décidé à changer à Lionel-Groulx. L'Éponge respire, fait un tout petit bruit, un bruissement du corps sur la banquette. Et puis, d'un coup, il se glace, pris d'une grande épouvante, comme lorsqu'il s'est éveillé tout à l'heure de la somnolence dans son reflet. Au fond du wagon, une femme, les genoux serrés, les coudes écartés à la hauteur des yeux, le fixe en se bouchant les oreilles.

En fait, elle ne le fixe pas. Elle fixe plutôt un point derrière lui. Un regard quand même pas mal pénétrant. Peut-être parce que sans expression aucune sinon l'expression des coudes en l'air, ailes tronquées, épatées, qui pourraient bien se remettre à battre sans crier gare.

La femme est grande autant qu'on peut en juger, vu sa position assise. Elle a surtout une très grande bouche. Brune aux cheveux courts et aux sourcils épais. Le corps dru qui se raidit, tronc vertical, cuisses, jambes et pieds tordus vers l'extérieur sous un long manteau noir, usé sous les aisselles, là où on peut le mieux voir l'usure du tissu puisque les bras et les coudes sont, comme on vous l'a dit, tenus au grand écart des oreilles.

L'Éponge se dit qu'elle doit se fatiguer de rester comme ça. Car il n'a plus peur, arrive à la fixer à son tour ou plutôt, comme elle, le point juste derrière. Et voilà qu'il en arrive à s'étonner de la terreur chez cette femme, qui fonce les trous de ses yeux. L'Éponge va même, une nouvelle fois, jusqu'à glisser du derrière sur la banquette. Imperceptiblement, mais quand même. Une voix annonce la prochaine station, Lionel-Groulx. Cette fois, il ne se laissera pas prendre, il a flairé le piège. Alors l'Éponge se lève, s'avance à pas de loup vers la porte du wagon. Et puis, d'un quart de tour, il se tourne vers la femme aux coudes écartelés, se met au garde-à-vous, les talons joints, puis fait une courte et élégante révérence avant de sauter d'un bond de carpe au dehors.

Enfin, il était arrivé sur la plage Lionel-Groulx.

Animal des mers chaudes au squelette léger et poreux, l'Éponge éprouva un certain plaisir à se laisser glisser sur le banc de métal étincelant, face à la rame dans la vraie bonne direction cette fois, celle d'Honoré-Beaugrand. Là, c'était fini, il suait beaucoup moins déjà et c'est sûr, le soir, parviendrait à retrouver le chemin des mères.

Bref, il glissa plus qu'il ne s'assit. Sous lui, l'acier luisait de glace et lui brûlait les reins mais enfin il revenait en chemin connu. Alors il pensa au bureau, il se vit arriver à midi passé. Ils ne lui demanderaient rien, bien sûr, s'en moqueraient bien, se foutaient d'ailleurs bien de tout, affairés comme ils l'étaient à leur vie de batraciens, pauvres crapauds et autres grenouilles.

Il les détestait tant, tous ces tétrapodes, avait en horreur le contact, quand il ne pouvait l'éviter, de leur peau nue éternellement moite, qui se soulevait sous l'effet d'une respiration de surface, leurs yeux proéminents, leur faculté de se métamorphoser sans prévenir.

Ils couraient, coassaient à qui mieux mieux, s'agitaient de leurs membres tordus. Les femelles surtout, visqueuses et maternelles, puis hérissées de nageoires tronquées, fardées du vert et du rouge criard typiques des amphibies à chair molle. Quand elles l'énervaient trop, il se rabattait sur les apodes, les sans-pieds, sans-pattes, sans-nageoires, les vermiformes.

Il les trouvait plus proches de sa propre condition de spongiaire. Les vermiformes ne parlaient pas, ils étaient aussi, comme lui, les victimes des coassants. Mais leur silence était parfois aussi bavard que les cris des autres et quand ils s'y mettaient tous, à se taire, cela faisait un tel bruit dans la mare du bureau qu'il se bouchait les oreilles et essayait de se perdre tout entier dans ses escriptures. Car s'il y avait là moult amphibies, quelques apodes et autres anoures, il était la seule éponge.

L'Éponge sursauta sur sa banquise. Sur son flanc gauche, il y avait une minuscule bonne femme au visage bourrelé de grimaces et au cheveu rare, vêtue d'une ridicule petite robe rouge. Le pouce en l'air, penchée du reste de son corps difforme sur la poubelle, la naine de jardin fourrageait et ressortait une cannette cabossée. Leurs yeux se virent et il constata qu'elle avait des paupières lourdes comme il n'en avait jamais vu. Des yeux lourds, mais aussi vides que l'autre tout à l'heure avec son long manteau noir les avait remplis de terreur. L'Éponge eut comme un haut-le-cœur. La naine de jardin ne se redressait pas, les yeux dans ses yeux, le pouce toujours dressé bien droit, son torse tronqué de poupée arqué sur la poubelle, comme si, finalement, il voulait s'y fondre.

«Beurk!» dit l'Éponge.

Et il fit un croc-en-jambe qui envoya valser la créature dans la poubelle.

Le train arrivait en gare de Lionel-Groulx dans un panache d'étincelles. L'Éponge se leva, ragaillardi. Le petit pouce dépassait de la poubelle. Alors l'Éponge rit. Et ce rire lui faisait tant de bien après toutes ses mésaventures. Rit et rit encore à s'en fêler les côtes, plié en deux, en quatre, en six, bousculé par les âmes qui s'accrochaient au train de lumières pour y monter et commençaient à s'énerver sérieusement. Houspillé, meurtri par les bastonnades et les coups donnés au passage, l'Éponge continuait de rire et ce qui devait arriver arriva. Il y eut le claquement des écoutilles qui se refermaient. Le cargo à bestiaux prenait le large.

L'Éponge resta seul sur le quai. Il ne riait plus, mais alors plus du tout. Il avait déjà payé cher ces moments d'hilarité dans le passé et voilà qu'il remettait ça.

«Beurk!» dit-il encore.

Et, là-bas, il la vit s'éloigner, avant qu'elle ne soit happée par le tunnel. La naine de jardin était debout, chose rouge écarlate fichée sur la plate-forme en queue du train, le pouce dressé en l'air le plus haut qu'elle pouvait.

«Beurk! Beurk! Beurk!» dit encore l'Éponge.

D'autres âmes arrivaient, le cernaient en attente du prochain bateau. Il décida de rester planté sur le quai, sans céder un pouce de terrain, tant penché qu'on l'eût dit couché sur les rails. Il serait le premier cette fois à embarquer. Mais il fallut que l'homme qui rit montrât à ce moment précis le bout de son nez.

L'Éponge le connaissait pour l'avoir redouté et s'être buté à lui à plusieurs reprises. La première fois qu'il l'avait rencontré, c'était encore à l'époque où il savait prendre le métro comme les autres et arriver à destination, c'est-à-dire au bureau. L'Éponge s'était carrément assis quasi en face de l'homme, l'innocent. L'homme, un individu très grand aux courts cheveux raidis tout noirs, aux petits yeux tout noirs aussi et tout ronds et au long nez comme posé de travers, se trémoussait de partout, de la face et des membres et des mains qu'il avait particulièrement interminables et osseuses, et, comme si ça ne suffisait pas, il poussait à intervalles réguliers, pour accompagner sa tremblote, un rire insupportable qui avait d'abord stupéfié l'Éponge, puis l'avait percé de part en part et rendu pratiquement fou.

L'homme qui rit, car c'était le nom que l'Éponge lui avait donné, était parmi les paroissiens du métro l'un des spécimens les plus redoutables. Parce que lorsqu'il s'amenait avec sa folie qu'il trimballait au bout de son rire, l'Éponge avait tout à coup tant de mal à mettre bout à bout les milliers de petits mots qui venaient à tout moment et sans crier gare lui peupler la tête. Il haïssait ce rire grave, amplifié en volutes sans queue ni tête, qui se faisait rauque pour mieux rebondir, sauter à la gorge des âmes que l'homme qui rit frôlait d'un corps massif qui sentait le renfermé.

L'homme qui rit ne devait faire que ça dans ses journées, avait conclu l'Éponge. Passer sa vie à rire dans le dos des âmes, des nains de jardin, des cloportes, des amphibiens, ce n'était pas une vie, il aurait dû avoir honte. Riait-il, lui, l'Éponge? Non parce que la vie lui avait appris combien c'était dangereux et qu'il avait pu le vérifier. Alors, cet imbécile qui riait tout le jour en cascades! D'abord, à quelle famille de vertébrés appartenait-il? Comment les âmes tout à leurs petits malheurs quotidiens arrivaient-elles à le supporter, ne le basculaient-elles pas par-dessus bord? Mais non, elles le laissaient en liberté, se contentaient de s'éloigner un peu, de penser à autre chose en se disant que ça n'allait pas durer. L'Éponge se raidit. Il avait tué pour moins que ça.

«Ha, ha, hahaha-haaaaaa», faisait le rire qui se relevait tout le temps de ses cendres.

L'homme qui rit n'acheva pas sa troisième octave. L'Éponge lui avait décroché un coup de ventouse juste au-dessous du muscle rieur. Vif-argent, l'Éponge.

Le quai s'était fait silence. L'Éponge refaisait face à la mer parmi les ombres figées, ne se retournait même pas pour voir le piteux spectacle, gorge ouverte sur la dernière ricane, rire avorté en boîte crânienne. Il y avait un attroupement de pas traînants et de gueules abruties, bref la foule se massait. Il faut dire que le sang rigolait de la gorge tranchée sur les petits ronds rouge-jaune-orange de la station.

«Beurk», refit l'Éponge qui ne daignait toujours pas se retourner et s'ébrouait la sueur, secoué par mille tics, au bord de la rivière à rails.

Il ne demandait pourtant pas grand-chose à la vie. Qu'on le laisse tranquille, voilà tout, qu'on le frôle tout au plus avec cette même pudeur qui l'habitait quand lui, il lui fallait circuler parmi les autres corps.

Il y eut un frémissement dans la foule. Une ombre se détourna de la dépouille de l'homme qui rit, puis une autre et une autre encore. Toutes les ombres s'imitèrent avec de drôles de grondements comme seules en font les profondeurs des ventres et des abysses. Bref, autant vous dire que tout ce que le quai de la station Lionel-Groulx comptait d'âmes ce pauvre petit midi de février-là fixait l'Éponge, lequel tiquait de plus belle, les mains lancées en avant. Sûr qu'il serait tombé à la mer si le gros nez du métro qui se pointait ne l'avait soufflé vers l'arrière au passage.

On aurait dit que tout s'était déjà perdu dans le vacarme des portes qui s'ouvraient. Puis, plus rien. Comme si rien ne s'était passé. Les âmes montaient en voiture, petits pieds légers sur les marchepieds et hop, comme si rien ne s'était jamais passé, on vous dit. L'Éponge, quand même pas si bête, emboîtait le pas, montait aussi.

Sur le quai, le corps de l'homme qui rit avait disparu. Ils avaient dû l'enterrer dans le béton de la station entre les deux rives. Alors l'Éponge rit, et c'était la deuxième fois qu'il riait en peu de temps, au mépris des dangers que lui avaient enseignés ses rigolades du passé, ce qui était profondément anormal, on pourrait même

dire inquiétant. Il gloussa, au moins jusqu'à la station
suivante.

Elle était à cheval sur son chien, balayait le wagon
de son regard couleur de vide.

— Merci mon chien, merci mon chien, répétait-elle,
et son œil aveugle fixait.

Le chien remuait trop entre ses jambes, il ne connaissait pas encore son métier. C'était un jeune chien,
plus jeune qu'elle. Les autres hôtes de la caravelle la
regardaient, tous conscients, voyants qu'ils étaient sans
avoir rien demandé, de ce que cette vision avait d'insupportable.

Alors, l'un prit parti:

— Dites-lui d'arrêter de monter ce chien, il va devenir fou.

Le train ne ralentissait pas, ce qui était étrange,
pensait l'Éponge, car nous aurions dû être depuis belle
lurette en vue de la station Saint-Laurent où l'attendaient en barbotant ses honorables collègues.

Une femme cria de l'autre bout du wagon figé dans
sa lumière canari:

— Moi, je suis pour la fille. Dans le fond, il est payé
pour ça, le chien. Qu'on l'achève s'il n'est même pas
capable de la guider!

Puis une autre voix monta:

— Donnez-lui donc un bonbon ou un os à ce chien
et qu'on en finisse!

Il faut dire que la fille au regard couleur de mort caracolait avec toujours plus d'audace sur le dos du canidé.

— Oui, qu'on en finisse! criait-on de toutes parts.

L'Éponge avait eu la prudence de rester près de l'écoutille. Le rideau de fer glissa et il sauta sur la terre ferme. Il fut le seul. Les autres n'avaient pas entendu le ralentissement du bruit de la rame tant ils étaient pris dans leur chicane de chien.

Les chiens, d'aveugles ou autres, ça n'intéressait pas l'Éponge. Il avait eu assez à faire dans sa vie avec un chat.

La satisfaction de l'Éponge, comme toutes ses satisfactions, fut de courte durée. Les bras ballants sur le sable granuleux de la station, il comprit qu'il était seul parce que personne n'était descendu du métro, parce que personne n'avait rien à faire dans ce port de fortune suspendu sans raison.

Autrement dit, il s'était bêtement égaré dans l'Est, était bêtement descendu à une station dite de la préfontaine, sans nom, on vous dit, sans nom.

Autrement dit, la station Saint-Laurent était passée depuis longtemps et il lui faudrait gagner le quai en face, direction Angrignon, encore nager à la force de ses moignons, monter tous ces tas d'immondices roulants, souffrir sur les arêtes des marches. Les larmes lui montèrent aux yeux, coulèrent vers sa bouche.

C'était jour de grand vent. Il s'en souvenait comme si c'était hier. Au bord de la falaise, les uns retenaient à deux pattes leur chapeau, les autres, leur épée. Et tout cela dans un tohu-bohu comme l'Éponge, habitué aux silences des malheurs mal assouvis, n'en avait pas entendu, disons, depuis un certain temps. Ce jour-là, il avait commis son premier meurtre.

S'il n'y avait pas eu tant de vent aussi, qui poussait les gens, comme naturellement, vers les flots. La mer était en colère et l'Éponge devinait sa mauvaise humeur aux profondeurs odorantes qui tremblaient plus que d'habitude entre les rails de fer blanc.

Le plus difficile avait été le premier pas, celui qui compte, comme on vous l'a toujours dit. Pousser seulement, comme ça, sans y penser, d'un air dégagé. «Tasse-toi, on t'a assez vu» et le bonhomme chute comme un paquet de linge sale, se ramasse entre les deux fils à couper le beurre.

Le premier tomba sans un traître mot, aidé par une énorme bourrasque qui soufflait la nef de la station. Le deuxième fit quelques galipettes disgracieuses. Il faut dire qu'il y avait, en plus du vent, un petit crachin qui poissait tout. Le troisième périt lors d'une averse. Tout le monde n'y vit que du feu.

C'était ce que l'Éponge aurait pu appeler la période des intempéries. Et quand il fait très mauvais, chacun sait qu'il y a des morts en cascade. Mais tout cela s'était passé voici bien longtemps car voici bien longtemps que le métro était redevenu un endroit sûr. Il faut dire aussi que ces folies se passaient sur la ligne jaune serin, et il y avait bien longtemps qu'il ne la prenait plus.

L'Éponge se rentra la tête dans les épaules. Le train arrivait tout juste quand il déboucha sur le quai, de nouveau direction Angrignon. Il monta sagement dans le wagon et s'assit. Saint-Laurent finirait bien un jour par reparaître.

L'autre l'attendait, à travers la vitre du wagon adjacent.

Ça faisait un bout de temps que l'Éponge ne l'avait vu. Le danger, on tient à vous le préciser tout de suite, n'était pas le même que ce matin. Il ne s'agissait pas de son reflet et on ne risque de se perdre que dans son reflet, c'est bien connu. C'était seulement l'Éponge, disons dix ans plus tôt. Vous vous rendez compte, une éponge encore jeune, pas de la première fraîcheur mais tout de même. Une éponge déjà avec ses boutons mais sans cette peur dans les yeux qui le faisait maintenant pisser dans son froc. Tout ça pour dire qu'il eut, cette fois encore, un peu de mal à se reconnaître.

Et voilà notre Éponge qui détaille les mains de l'autre, assis contre son flanc, dans le wagon d'à côté. L'autre a des mains assez fines, presque élégantes, des mains de pianiste. Des nervures de feuilles légères par un beau matin frais et lumineux de début juin, voilà ce que sont ces mains, découvertes jusqu'en haut des poignets. Et les pieds. Posés bien à plat sur le sol du wagon, tranquilles, merveilleusement paisibles comme le cœur qui doit battre doucement, régulièrement dans ce pardessus-là, sans émotion superflue, royal.

Puis il voit les yeux, droits, pétillants comme des mitraillettes, derrière la monture de la lunette et le reste, la bouche dessinée ferme, la pommette, car il y a même une pommette. Et le nez qui ne se met pas bêtement à sentir tout ce qui passe et le cou tout doux sans arêtes et les cheveux noir jais superbement couchés sur le crâne rond, luisants juste ce qu'il faut, et le tout sans sueur, vous comprenez, sans la moindre petite goutte de transpiration malodorante, le tout sec comme est sec tout ce qui est beau et visqueux, ce qui est laid.

La malheureuse Éponge ne fait plus attention aux stations qui défilent. Il reste là, éperdu d'amour, le groin collé à la vitre, les yeux collés comme des ventouses sur la jeune et fabuleuse Éponge. Il sait que l'apparition va se lever et prendre, ni vu ni connu, la poudre d'escampette.

«Beurk!» hurle l'Éponge. «Beurk! Beurk! Beurk!»

Et les yeux sortis des orbites, il dévore la vision de ce qu'il aurait pu être avant qu'il ne s'égare sur la ligne jaune.

Les passagers du wagon se serrent le long des portes, un bébé pleure. Tout au fond, engoncée dans sa robe rouge de porcelaine, la naine de jardin au petit pouce en l'air ne rigole plus du tout.

La jeune Éponge est superbement seule dans son wagon princier tendu de velours grenat orné de festons au-dessus des porches. Les mains fines posées sur ses genoux soyeux, il sourit en regardant devant lui, perdu dans quelque pensée divine.

Puis il se lève. Tout le monde dans le wagon des damnés retient son souffle. Le train ralentit. Saint-Laurent est passé. On annonce Lionel-Groulx.

— Ah non! crie l'Éponge.

Devant tant de douleur, les autres visiteurs se bouchent les oreilles. Les écoutilles glissent. La meute détale sur le quai, et, avec la meute, l'Éponge et le jeune homme, puis l'Éponge voit le jeune homme qui marche, qui se dirige vers la sortie. Et comme il marche lentement, magnifiquement! Et il ne tourne pas la tête vers la misérable éponge hébétée, il va disparaître, dessine quelques derniers pas de danse avec une grâce de jeune chat.

De jeune chat. C'est ça, répète l'Éponge.

Et il éclate d'un rire tordu quand une voix tout en douceur dit derrière lui:

— Pourquoi dites-vous et répétez-vous «de jeune chat» et pourquoi cette expression vous fait-elle à la fois rire et pleurer?

Et la voix tout en douceur dit encore:

— Ne croyez-vous pas qu'il est temps de vous asseoir sur un banc et de parler? À part vos «beurk», vous n'avez pas dit un mot depuis le début.

L'Éponge ravale ses larmes et suit l'homme douceur vers le banc de la station Lionel-Groulx.

Il s'était arrêté un moment de parler pour essuyer sa bave et se moucher.

Encore un autre métro qui arrivait, s'arrêtait, repartait. Pourquoi est-ce que je restais là?

Je lui ai demandé:

— Pourquoi est-ce que je reste là? Pourquoi est-ce que j'ai l'impression de peser des tonnes?

Je savais qu'il ne répondrait pas.

C'est vrai qu'il avait l'air tellement content, comme étonné, que je ne me lève pas.

Je lui ai dit:

— Eh oui, je suis toujours là! Est-ce que j'ai le choix?

Il disait le titre de sa nouvelle histoire, il disait qu'elle s'appelait Roberta et qu'à celle-là aussi, un peu plus tard, il donnerait sa voix.

Les roseaux de Roberta

Roberta est folle. On dit qu'elle l'est de naissance.
C'était un soir, il y a un certain temps de ça.
Roberta marche sans bruit dans l'étouffe-maison. Il
est six heures du soir.

Elle aime marcher ainsi dans la maison à cette heure
parce qu'elle est tranquille. Sa mère qu'elle appelle
M'man revient de son jogging à six heures quinze et
Jojo est enfermé dans sa chambre à l'étage jusqu'à six
heures trente. Jojo ne sort jamais de sa chambre avant
le repas qui a lieu bon vent mauvais vent, quelle que
soit la météo, à six heures trente, Roberta le sait bien
parce que c'est elle qui prépare le souper et il est toujours exactement six heures trente quand elle sonne la
petite cloche pendue dans la soupente de l'escalier pour
prévenir Jojo que le repas est prêt, que le couvert est
mis, qu'il peut descendre de son pas dansant inimitable

et se poser comme un elfe immatériel devant son assiette à fleurs.

Pour l'instant, elle sent à pleins poumons l'odeur de mort qui enterre la maison, elle boit les ténèbres de la salle à manger et plonge dans le noir des fenêtres, vers la minuscule cour enflée de neige sale.

Roberta joue à son jeu favori. Roberta essaie chaque jour de trouver dans ce qui l'entoure quelque chose de neuf, qu'elle n'a jamais vu. Ce jeu est très important pour Roberta. C'est grâce à lui qu'elle peut continuer à vivre. Parce qu'elle doit, jour après jour, ingurgiter et digérer ce qui arrive de neuf, sinon le neuf la mangerait tout entière et elle serait réduite à sa folie, sourde force battante au creux de chacune de ses veines. Le neuf, l'autre fois, c'était un tout petit trou dans la nappe qui lui avait toujours échappé. Aujourd'hui… Comment est-ce possible qu'elle n'ait jamais vu ça? Du coup, Roberta ouvre la lumière. La chose est si neuve qu'elle ne peut être qu'hostile. Là, sur le buffet, un ticket de métro.

La chose est posée un peu de travers, juste ce qu'il faut pour la narguer, lui lancer à la face son odeur de sueur légèrement acide, sa texture à la fois collante et rêche avec un bout un peu recourbé. Elle ne veut pas voir ce ticket de métro.

L'autre soir, le quelque chose de neuf, c'était un autre cheveu blanc sur la tête de M'man, en haut de la tempe droite. La fois d'avant, un nouveau pli à la commissure de sa bouche. Une autre fois, un poil particulièrement long, pointant son nez hors de la narine toute élégance de Jojo chéri, ou encore une larme mal essuyée au coin de l'œil, et chaque nouvelle larme découverte sur le visage de son petit frère la chavire.

Il faut qu'elle fasse un extraordinaire effort de concentration. Car pour trouver du nouveau, elle doit les revoir hier soir, absolument comme ils étaient. Alors bon, M'man buvant sa soupe, la tête un peu baissée, avec un petit recul du torse à chaque cuillérée. Les cheveux, non, rien de neuf de ce côté là. Non, plus bas. Les paupières, c'est ça, plus gonflées que d'habitude. Comme si elle avait pleuré. C'est impossible, elle ne pleure jamais, seul Jojo pleure. La sueur, ça devait être ça, une sueur fine, ancrée dans l'orbite. Cette manie aussi de faire du jogging, à son âge et en plein hiver.

Jojo à présent. Comme il était beau hier. Il est toujours beau. Oui mais quand même, hier, quelque chose de beau qui l'aurait rendu encore plus beau. Alors, Roberta sait. L'éclat dans ses yeux, voilà ce qui était nouveau. C'est qu'il était assis un peu plus face à la fenêtre que d'habitude, alors forcément, le réverbère de la rue se réverbérait dans son œil droit. Avec la mèche en accroche-cœur par-dessus cet éclat, tantôt or tantôt vif-argent selon que son corps avançait ou reculait sur la chaise dans un mouvement tellement élégant comme tout ce qu'il fait. Et ses mains. Roberta ne veut pas vous détailler les phalanges de pianiste et le torse mince racé de poète et le nez droit grec de son Jojo chéri et le dessin de ses lèvres minces dont on a envie de caresser le contour, tout étonné de cette finesse du trait qui rejoint l'autre dans un silence buté.

Revenons à ce soir. À part le maudit ticket, tout est en ordre. Roberta va faire le souper. Et puis elle sonnera Jojo. Et ils mangeront tous les trois, sans un mot comme d'habitude.

Ils n'ont pas toujours été aussi heureux.

Autrefois, ils avaient tous les trois un père. On peut vous le décrire en quelques mots: petit et charnu, le nez incroyablement pincé comme s'il ne respirait rien, des yeux chassieux et une énorme bouche toujours ouverte, d'où sortaient des niaiseries grosses comme lui.

Tenez, le voilà à peine assis à la table du souper qu'il parle. Et il parle uniquement du temps. Demain, si vous voulez tout savoir, il va pleuvoir et tant mieux parce que l'été jusqu'ici a été trop sec et qui dit été sec dit hiver neigeux, et des tas d'autres idioties.

M'man et Jojo le subissaient en étouffant dans leurs intérieurs des soupirs de grande souffrance. Roberta, elle, parlait. Parce qu'il faut vous dire que Jojo tient de M'man et Roberta, de son météo de père.

Alors les repas commençaient, imaginez, M'man et Jojo les têtes dans les assiettes et le père faisant péter ses bretelles s'il en avait eu. Singe imberbe à la voix de fille: «Je ne comprends pas qu'il n'ait pas plu. D'habitude, cette chaleur annonce la pluie car qui dit chaleur moite dit.»

Et Roberta , avec cette voix aiguë qu'elle déteste:

«Moi, je dis qu'il faut pas qu'il pleuve parce que la pluie lave les cerveaux et qu'il reste plus rien après dans les têtes et qui dit pluie dit.»

«Niaiseuse, la pluie ne lave pas, elle mouille et inonde au maximum et qui dit fraîcheur.»

Ça durait tout le souper. Et puis, un beau soir, le frère Jojo a dit à l'oreille de Roberta en formant un cornet avec ses phalanges de futur virtuose: «Roberta, tu es un singe imberbe toi aussi.»

C'est ce soir-là qu'elle a décidé. Le père et elle avaient encore déversé des tas de niaiseries sur la pluie, le temps en général et les prévisions régionales. Comme d'habitude, M'man se perdait dans son assiette, le dos courbé, rempli de ses longs cheveux raides. Jojo regardait la nuit par la fenêtre.

Jojo ne disait jamais rien ou si peu. Roberta disait que c'était normal parce que Jojo était un artiste. Elle lui annonçait d'ailleurs un avenir de virtuose. Car il avait un piano dans sa chambre. Non, il ne prenait pas de cours, il était son propre maître, et quel maître. Il faisait des progrès que Roberta n'arrivait pas à suivre, le nez collé à la porte de la chambre du frère adoré. Il ne parlait pas de ce qu'il jouait, d'ailleurs, combien de fois faudra-t-il le répéter, il ne parlait de rien, il ne laissait jamais ouvertes la porte ni la fenêtre de sa chambre, beau temps mauvais temps, et les notes restaient ainsi emprisonnées, battaient leurs voiles noirs et blancs contre les murs.

Alors, le fameux soir où Jojo lui a dit qu'elle pourrait bien devenir un singe elle aussi, Roberta s'est posé la question: Dans le fond, qu'est-ce qu'il voulait, Jojo? Et elle a donné aussi la réponse: Aller jouer avec ses notes dans sa chambre et descendre au son de la cloche sans plus jamais voir la silhouette simiesque imprimée devant la fenêtre, sur le carré de la nuit.

Bref, Roberta devait faire taire le singe.

*

Roberta dit:

On a conclu le pacte dans un endroit rien qu'à nous, qu'on appelait ou que j'étais peut-être la seule à appeler «les roseaux». Peut-être que j'ai jamais été la seule à m'y rendre. En tout cas, ce soir-là, il faisait très doux, une belle soirée de fin juin quand le temps est encore assez sec, avant les grandes humidités de juillet, vous voyez ce que je veux dire parce que les précipitations peuvent, malgré ce qu'on pense, être assez abondantes en juillet.

Les roseaux se courbent sous le vent, nous chatouillent les corps. À quelques pas, l'étang immobile étale son lac peu profond sous la lune. Jojo s'est laissé tomber comme un pétale de fleur sur quelques roseaux qui lui font comme un lit. Moi, Roberta, je reste debout. Moi, j'ai toujours eu peur de me laisser tomber. Ma voix n'arrive pas à prendre de la hauteur, clapote sur la mare, coasse avec les grenouilles.

Je parle et, comme d'habitude, Jojo se tait. Je ne sais même pas s'il m'entend. Rien ne remue chez lui, il est tendu de profil vers la lune.

Je lui dis qu'il faut tuer le singe et qu'il sera avec moi, parce qu'on n'a pas le choix et qu'il le sait bien, il me l'a dit lui-même pas plus tard qu'hier, que si le singe continue à être là chaque jour, je deviendrai comme le singe. Il n'aura rien à faire, qu'il ne s'en fasse pas, je veux seulement son silence, et il est tellement bon là-dedans. Moi, je n'ai jamais su me taire, fille de primate. M'man le sait bien, qui lave sans mot dire les murs de ma chambre après chacune de mes crises où je hurle, où je me jette et jette tout ce que je trouve contre les cloisons de l'étouffe-maison en carton.

Je ne veux plus crier de ma chienne de vie, c'est aussi simple que ça. Une fois le singe parti, je ne dirai plus rien mais avant, il faut bien le faire taire, le singe, pour que tes notes de piano puissent s'envoler par la fenêtre, bâtir ta renommée à coups d'affiches dans les plus grands opéras du monde.

Vous comprendrez que j'étais pas mal essoufflée après une telle tirade.

Ç'a été un moment grandiose. Un moment parfait, il n'y a pas d'autre mot. Lui, se détendant de l'astre lunaire comme on détend un arc bandé, vers moi, tache dans la nuit. Lui qui arrête la virevolte en un point de l'espace, pure noblesse, yeux filtrants me voyant sans me voir. Le torse légèrement relevé sur ses délicats avant-bras perdus dans les roseaux, caressés par leur brise. Et moi, arc-boutée contre le vent qui veut me faire tomber à tout prix. Et qui lui dis:

— Qu'est-ce que t'en penses?

Et le vent encore emporte les mots, les enfouit dans les bruissements en crescendo des roseaux. C'est sûr, il ne doit rien avoir entendu avec ce vacarme.

Je lui dis encore:

— Tu verras Jojo, on va tuer le singe et après, on sera heureux. Tu verras, Jojo, je suis sûre, ça va nous rendre plus gais!

Je ne me souviens pas de ce qu'il a répondu.

Roberta dit encore:

J'ai enterré papa de mes blanches mains huit jours après la scène dans les roseaux. Une petite semaine après, le temps de se retourner.

Un enterrement sans messe, tout ce qu'il y a de plus civil. À ça près que je n'avais pas eu la politesse de prévenir le gorille de père. Ou plutôt si, quand j'y repense, c'était une sorte d'avertissement, la belle crise que je lui avais faite la veille de son inhumation, une des plus belles depuis longtemps. Tout y est passé contre le mur de ma chambre, même ma chaise préférée que j'avais toujours épargnée jusque-là.

J'avais hésité entre le couteau, le revolver ou le fusil, la noyade, l'étranglement, l'étouffement, l'empoisonnement. En fait, je n'avais pas vraiment hésité étant donné que je n'avais ni revolver ni fusil mais pas mal de mort-aux-rats.

Pour son dernier soir, P'pa se dépasse. On est à peine assis à table, tous les quatre, qu'il nous ramène aux probabilités de précipitations pour le mois de mai. Je dois faire un gros effort pour ne pas lui répliquer et partir avec lui dans ses grosses niaiseries parce que le pire, c'est que j'ai une opinion sur la question. J'ai mis une bonne dose de mort-aux-rats dans son bol de soupe, ça ne devrait pas être trop long.

Imaginez.

Ce n'est pas croyable, le souper se prolonge. M'man et Jojo ont l'air de danser sur leurs chaises, leurs paupières se ferment, il ne faut pas qu'ils s'endorment là. Et l'autre qui ne se décide pas à tomber le groin dans son assiette. Et puis je me rends compte que moi aussi, je m'endors. Parce que je suis morte d'ennui. C'est ça le pire, vous comprenez. Je n'ai même plus envie de répliquer au singe.

Et c'est à ce moment où je réalise que je ne serais finalement jamais devenue gorille que le père, après une dernière statistique sur les précipitations du printemps précédent, s'affale à demi vers l'arrière avec des gémissements plaintifs de guenon qui a perdu ses petits.

M'man est allée se coucher. Jojo et moi, on assiste sans bouger à l'agonie. C'est un grand moment, je dirais un moment grandiose. Lui, reparti vers l'avant, maintenant avachi sur la table, les yeux qui demandent et la voix qui veut sortir, dégoiser encore sur une grosse niaiserie. Et nous deux, comme je veux le croire, complices, muets et héroïques, enveloppant exactement du même regard de glace la chose rampante et sachant que le mois de juillet de cette année sera le plus beau mois de juillet que la météo du monde entier aura jamais connu.

Jojo s'était endormi. Le dernier râle le réveille. Il ne se lève pas pour autant. Peut-être qu'il veut être sûr et il a raison, comme toujours. Il ne faut pas aller trop vite en besogne.

On a attendu jusqu'au plus noir de la nuit. Quand il a été certain que plus rien ne viendrait déranger son silence pianistique, Jojo s'est levé et il est sorti de la cuisine. Je l'ai entendu monter à sa chambre. Puis les notes se sont levées et ont commencé, en cohortes rangées, à sortir par la fenêtre.

Le corps était plus lourd que je ne l'avais pensé. Je l'ai traîné jusqu'à l'arrière-cour où, juste avant le souper, j'avais creusé la fosse. Seule, bien sûr, qu'est-ce que vous croyez, Jojo a un important concours de piano la semaine prochaine, très important pour sa carrière, alors vous comprenez, creuser un trou comme ça, assez large et profond pour y recevoir un gorille, vraiment, il a autre chose à faire.

Le jour se levait quand j'ai fini de remplir le trou. C'est fou, quand j'y repense aujourd'hui, j'aurais pu parfaitement être vue de partout. Mais il n'y avait personne, personne que moi, pelletant comme une malade, les oreilles et le cœur pleins des notes qui dégoulinaient de la fenêtre, me drapent encore le cou, on dirait une échelle de soie.

Roberta veut dire encore:

Elle est entrée dans nos vies peu après le soir où j'avais découvert le ticket de métro dont on vous a déjà parlé, posé sur le buffet. On était en hiver, au cœur du cœur de la glace de la grande noirceur. Le soir où j'avais vu le ticket, je n'en avais pas parlé à Jojo, d'ailleurs je l'aurais fait, vous pensez bien qu'il ne m'aurait pas répondu. On était si bien depuis le départ du singe. M'man courait entre deux ménages, elle disait qu'il fallait qu'elle coure encore plus vite qu'avant pour nous faire vivre. Le soir, abrutie par son jogging, elle allait se coucher sans un mot. Jojo et moi aussi, on ne parlait pratiquement pas. On était tellement bien comme ça, dans notre pénombre de petite mort lente, tous les trois.

Et puis, elle est arrivée.

C'est à cause d'elle qu'il va manquer le concours de piano si important pour sa carrière. À cause d'elle qu'il refuse de retourner avec moi dans les roseaux.

Elle est là. Dressée droite dans la pénombre de notre chère salle à manger.

Je lui propose une tisane. Je fais des efforts. Jojo nous a laissées pour aller voir M'man qui est au lit dans sa chambre parce qu'elle n'arrête pas de se fouler les chevilles à force de jogger.

— Tu veux de la tisane?

Je dis encore:

— Tu sais, mon frère est un grand pianiste en devenir.

Elle a l'air surpris. Et puis elle reprend son air de pimbêche. Elle est trop grande, prétentieuse. Elle est trop haute, des cheveux trop noirs trop longs et des yeux qui vous percent et vous ignorent. Un trop long corps trop délié. Elle est très riche, paraît-il. Elle possède un domaine et un château à Longueuil.

Ça y est, ils se sont mariés. Il y avait foule à son château, là où ils vont vivre maintenant. Personne ne nous a parlé, à moi et à M'man. On est reparties tôt, moi et M'man, bras dessous dessus, en boitant de la même jambe. On a pris le métro à la station Longueuil avec une grosse femme qui nous a raconté qu'elle avait été invitée parce qu'elle était l'ancienne concierge d'un autre château de la mariée. On ne l'a pas crue, bien sûr, elle avait si peu l'air d'une concierge avec ses tas de bijoux qui lui pendaient de partout. On s'est séparées à la station Berri.

*

La première fois qu'il l'a appelée à l'aide, Roberta a répondu aussitôt. Elle n'attendait que ça. Comme vous l'aurez compris, elle ne vivait, ne respirait que pour son frère chéri.

Elle avait épié les premiers signes de malheur et quand il lui confie qu'il doit enterrer le premier chat, elle arrive ventre à terre, la pelle à la main.

La scène se passe dans le jardin de la maison de Longueuil. Léa est sortie chez la voisine qui enfile les vocalises. Une fois par semaine, Léa va y prendre le thé. Seul Jojo sait quel monstre de cruauté se cache derrière les yeux trop grands de Léa.

— Ce n'est pas possible, susurre la Roberta, je n'arrive pas à croire ça de Léa.

Il n'ajoute rien comme s'il avait déjà trop parlé, hoche son col de cygne. Le crépuscule s'attarde drôlement dans le jardin, y jette des ombres en noir et blanc.

Nous sommes aux frontières de l'été, aux limites d'un chaud printemps. Roberta, appuyée au chambranle de la porte, fixe son frère et son regard est anxieux. Elle est presque belle et il en faut beaucoup vu son menton en galoche et ses yeux de myope valsant en perpétuelle folie.

— Jojo, tu veux qu'on fasse ça aujourd'hui?

Elle a déjà le manche de la pelle dans les mains. Elle ne s'attend pas à ce qu'il réponde.

— Où as-tu mis le chat?

Il fait signe de la tête. Il y a un sac en plastique au plus profond du dessous de plus en plus ombré de l'érable.

Roberta soupire et son dos se creuse un peu plus entre ses omoplates. Un rayon de soleil a trouvé le moyen de se faufiler, ocre le front toujours aussi étonnamment livide, légèrement suant de Jojo.

— Quand même, dit encore Roberta en boitant jusqu'au sac, qu'on n'aime pas les chats, je comprends, mais de là à faire ça.

Le sac dans une main, la pelle dans l'autre, Roberta vocifère à l'érable.

— Si elle n'aime pas les chats, elle n'a qu'à ne pas en prendre!

Il paraît que Léa avait salement tué le chaton que la voisine lui avait donné entre deux arias. La veille, en revenant à la maisonnette après sa journée de travail, Jojo avait trouvé l'Italienne dans la cuisine, le couteau en l'air, devant la bestiole coupée en morceaux sur le formica rougi. Et Léa avait dit:

— Le *gattino*, le *gattino*, tu te rends compte, ils m'avaient promis qu'il me rendrait heureuse mais il me fait peur, il est visqueux comme un crapaud, rusé comme une renarde et féroce comme un serpent qui voudrait m'engloutir. Tu comprends?

Il n'avait rien répondu, comme d'habitude.

Roberta allait se dévouer une autre fois.

Le deuxième chat était noir, du bout de la queue au museau. C'est du moins la description que lui en avait donnée Jojo dans un mot qu'il avait glissé dans la boîte aux lettres un jour où il était venu errer du côté de la maison des mères. À travers les jambages inarticulés, elle avait lu que Léa allait de nouveau frapper avec le même couteau sur le même formica. Quand elle dévora les chiures de mouche sur le papier froissé qu'elle seule eût pu déchiffrer, la colère n'arrivait pas à l'emporter sur le bonheur tout ce qu'il y a de plus perfide que lui causait l'annonce d'une nouvelle complicité.

Alors voilà Roberta qui prend le métro jusqu'à la station Longueuil et marche vite dans les rues pour arriver au cul-de-sac un peu avant l'heure où Jojo doit revenir du travail. Jojo est toujours à l'heure, alors elle est sûre d'avoir un peu de temps devant elle. Roberta s'approche de la chaumière du couple. Un œil tombé au-dedans de la cuisine, juchée sur son pied à la retourne, Roberta tend sa tête de fouine que personne n'a jamais baisée, prise dans ses mains et encore moins caressée. Et elle voit très exactement ce qu'elle voulait voir. La grande Léa enveloppant à coups de mains et de poings un chat noir du bout de la queue au museau dans du papier journal de roman-photo. Les grandes poignes pétrissent le colis, le ficellent bien serré.

Roberta entre et dit à la folle d'aller se laver les mains. L'autre obéit et puis déguerpit sans demander son reste.

Voilà maintenant Jojo qui arrive et qui voit sa sœur devant la fenêtre, dans la cuisine.

— Léa est allée chez la voisine, dit Roberta, et elle sourit à Jojo.

Elle n'attend rien de lui, seulement qu'il lui serve un de ces moments magiques dont il a le secret.

Roberta soulève le paquet du formica, claudique vers le jardin. Jojo ne bouge pas, appuyé contre le mur de pierres, entre la fenêtre de la cuisine et la porte. Et Roberta creuse. Et tombe le même soir lourd des autres fois.

À un certain moment, Roberta croit voir le paquet ficelé bouger au fond du trou.

— Celui-là, je pense bien qu'on l'aura enterré vivant, dit-elle en jetant la première pelletée de terre.

*

Roberta tient à dire encore:
Tout ce que je dis est la vérité, rien que la vérité.
Enterrer et encore enterrer, je le faisais pour toi.
J'aurais pu enterrer aussi le suivant, le gros blanc. De celui-là, Léa avait une peur bleue. Elle n'osait pas le toucher. Toi, tu venais de plus en plus souvent à l'étouffe-maison. Tu ne restais pas encore à coucher mais ça viendrait. Au printemps suivant, le gros chat blanc est parti. On ne l'a plus jamais revu.
Et puis il y a eu l'enfant.
Les mois de juillet et d'août n'ont brisé aucun record. On n'a jamais connu d'été aussi laid depuis dix ans. Avec l'automne, on annonce une perturbation qui envahit nos contrées. Les pluies seront torrentielles, accompagnées de vents violents.

*

Les choses suivent leur cours. C'est vrai que Jojo revient de plus en plus souvent et longtemps à la maison des mères. Il y couche parfois et, ces nuits-là, Roberta pense avec joie à la grande Léa, seule dans sa cabane face à ses chats morts.
La voisine ne donne plus de chats à Léa. Garde chez elle ses matous et ses vocalises. Des mois passent jus-

qu'au jour où Léa dit, en effet, connaître un début d'enfantement.

*

Roberta dit:

Le soir était tombé quand, sur un appel de Jojo, je suis arrivée au domaine. La grande niaiseuse pleurnichait dans son lit avec du sang sur elle. Restait l'avorton. Il nous attendait sagement sur le formica de la cuisine, petite chose mauve avec de gros yeux de noyé. Je l'ai enroulé dans un linge et je l'ai enterré entre le chat noir et le rouquin, assez peu profond. Jojo m'a regardée comme toujours sans un mot. Mais cette fois-ci, il est reparti avec moi.

On a pris le dernier métro.

Jojo est revenu comme ça et reparti plusieurs fois. Et puis, un jour, j'ai su qu'il revenait pour de bon. Je le revois encore, poussant avec peine la lourde porte d'entrée de notre manoir familial. Je me tenais dans l'immense hall ombreux. Le grand miroir nous renvoyait nos drôles de silhouettes ondulantes. Il était encore plus beau que d'habitude. Et moi, dans ma robe à la Cendrillon pailletée, le pied bot en pantoufle à pompons, aérienne comme lui, c'est ça, aérienne. On vivait décidément un grand moment, un moment grandiose, un moment parfait où nos regards accrochés l'un à l'autre ne faisaient plus qu'un seul œil ouvert sur le monde, comme un prisme ancré en désespérance, merveilleusement déformant.

On n'a pas beaucoup parlé ce soir-là. D'ailleurs, on ne parlait plus jamais beaucoup, vous l'aurez compris. M'man était de plus en plus fatiguée par son jogging. Elle allait se coucher de plus en plus tôt, sans manger. Je regardais la valise de Jojo dans l'entrée. Je savais qu'il ne déferait pas tous ses bagages, pas encore. Parce qu'il devait y retourner, une dernière fois.

Alors je lui ai dit:

— Demain soir, ça t'irait pour finir le travail? On annonce une belle soirée un peu fraîche par rapport aux moyennes de saison.

Il souriait, le chérubin, il souriait aux anges, la mèche en l'air, ornée de soudaines ondulations, il me souriait, tout content que je l'aie si bien compris.

Alors j'ai dit encore:

— En attendant, va donc faire s'envoler quelques notes à l'air frais.

Les petites barques qui ne peuvent s'éloigner de la côte
servent à la pêche au miroir. Que l'on se figure un seau de zinc
dont le fond est remplacé par une vitre. En l'immergeant à moi-
tié, on supprime le clapotement superficiel de l'eau et on peut
voir à dix mètres au fond. On harponne les éponges que l'on
distingue ainsi au moyen d'une sorte de fourche à trois ou six
branches, emmanchée au bout d'une très longue perche.

L'homme douceur

«Un arrêt, on arrête, un arrêt, on arrête, on fait ça
toute la journée», dit l'homme douceur.

Ils étaient maintenant assis, et c'est là où on les avait
laissés, l'Éponge et l'homme douceur, sur le banc de glace
de la station Lionel-Groulx, près de la fameuse poubelle
dont on vous a déjà parlé. À cette différence près que la
naine de jardin n'était pas encore arrivée. Les âmes regardaient à la dérobée l'homme douceur et l'Éponge
posés côte à côte, elles passaient en ombres géantes sur
les hauts murs, murmuraient, réprobatrices, et s'enfour-
naient dans le premier métro venu.

La grisaille prenait d'assaut la cathédrale. L'homme
douceur avait une voix très douce avec quelque chose
de foncièrement apaisant. Sa silhouette était tout en
rondeur et en gaie lassitude. Il avait une drôle de face
ni ronde ni vraiment ovale avec des cheveux en brosse

gris et un ourlet de barbe grise aussi, une certaine noblesse dans le maintien et une canne à pommeau sur
laquelle il appuyait ses mains quand il s'asseyait, les
jambes de son pantalon à rayures légèrement écartées,
le dos courbé sous la grosse étoffe d'une ample cape
noire, et surtout des yeux en perpétuel amusement, un
doux amusement qui tournait dans ses prunelles som-
bres, les allumait d'une ronde enfantine dans laquelle on
avait tout de suite envie d'entrer.

— Vous avez chaud, n'est-ce pas?

L'homme douceur était maintenant placé de guingois sur la banquise pour faire face à l'Éponge. À un certain moment, il tendit sa main dont l'Éponge ne comprit
que la blancheur, vraiment une extraordinaire pâleur,
quelque chose de diaphane, translucide, tout ce que vous
voudrez.

La main caressa la joue puis le front de l'Éponge.

— Oui, vous avez chaud, dit l'homme douceur, doucement comme tout ce qu'il faisait.

L'Éponge raidie se souvint d'autres caresses et trem-
bla.

Tout autour, il y avait le silence et, dans ce silence,
le frissonnement de l'Éponge tantôt aigu, tantôt aussi
sourd que le râle d'un très vieil homme. Un autre con-
voi se chargeait, s'illuminait de bruits ordinaires.

— Mais vous claquez des membres, dit encore
l'homme douceur.

L'Éponge risqua un regard de côté. C'est vrai qu'il
lui arrivait souvent de claquer des jambes, des cuisses

et des avant-bras. Pourquoi ne claquait-il pas des dents comme tout le monde?

— Je vois, mon ami, il faut vous donner une contenance. Vous savez, dans la vie, tout est là.

Et avant qu'il ait risqué un autre petit coup d'œil de côté, l'Éponge se retrouve avec un journal sur les genoux.

— Prenez-le et lisez-le. Tout le monde lit le journal. Et puis ça donne une contenance, ajoute l'homme douceur.

Alors l'Éponge prend le papier. C'est vrai qu'il n'a jamais lu le journal et n'a donc jamais eu de contenance. C'est sa sœur ou sa mère qui lui lisent les gros titres et il ne les écoute pas. Il ne lit pas autre chose non plus. Pas de livres, de cartes routières ni postales.

L'Éponge prend la liasse de feuilles de papier et, au lieu de l'ouvrir, ce que tout être sensé aurait fait, il la hisse devant lui, comme un étendard. Très haut, à bout de moignons. C'est épuisant de tenir cette liasse si haut si longtemps. Les larmes viennent aux yeux de l'Éponge. C'est inhumain de le laisser ainsi. Un regard de biais lui confirme que le doux homme ne fait rien, s'obstine à regarder ailleurs, les mains bien à plat sur le pommeau de la canne, comme si de rien n'était, en sifflotant pour se donner un air dégagé, pourquoi pas.

L'Éponge a peur de faire pipi. Parce que la situation a empiré et qu'elle ne cesse d'empirer de seconde en seconde. Parce que la naine de jardin est arrivée et voilà l'homme qui rit qui s'amène sans crier gare et lui, toujours le journal tendu, un peu plus bas maintenant, mais toujours pas à la hauteur des yeux.

Attendez, ce n'est pas tout. Trois trains sont passés, se sont arrêtés sans qu'aucun voyageur ne veuille quitter le quai pour embarquer. Parce qu'à présent, ils sont tous là à rire, les gorges déployées, les uns les bras croisés, les autres les plats des mains tapant les cuisses, tous à zieuter le malingre aux abattis écartelés avec son journal brandi plus haut que ses yeux et qu'il tient à l'envers. Car il tient son journal à l'envers, l'abruti, et ce sont tous ces mots à l'envers qui font s'esclaffer les âmes.

Le marchand de journaux est sorti de sa guérite pour voir et toute une foule frissonnante d'impatience accourt des rues avoisinantes, coule le long des escaliers mécaniques. Une liesse en guirlandes de rigolades, rires aigus et graves aux nuances parfois étonnamment à l'unisson, emplit la voûte gothique, l'emporte sur les respirations rauques des convois qui maintenant filent sur les rails sans plus s'arrêter car les conducteurs de train se sont donné le mot – ne pas s'arrêter, sous aucun prétexte, ne serait-ce que ralentir à la station Lionel-Groulx, sinon ils seraient tellement pliés en deux que jamais ils ne pourraient repartir.

«Beurk!» dit l'Éponge et dans un geste tout en frissons, il fait valser le journal dans la poubelle.

Pourquoi l'Éponge avait-il suivi l'homme douceur? C'est simple, il l'avait suivi parce que c'était un homme, pas un batracien. Un homme fiché sur ses deux pattes, peut-être pas aussi beau que la jeune éponge mais un homme digne de respect avec ses poils gris, ses yeux dansants et sa canne à pommeau, pas une éponge.

Il se souvenait de leur arrivée sur le quai de Lionel-Groulx, avant qu'ils ne s'assoient sur le banc. De la voix si douce qui venait des strates du passé, comme des profondeurs de la terre, de la voix de l'homme qui murmurait:

— Et puis, chats mis à part, c'est vrai ce que vous disiez, aujourd'hui, tout n'a pas commencé comme d'habitude.

L'Éponge, en entendant ça, avait accéléré le pas, l'avait suivi, s'était assis sagement à côté de lui, les pattes en l'air, comme un petit chien.

— Vous avez des mains de pianiste, dit l'homme douceur, et je m'y connais.

Le calme est revenu dans la station, il fait même un drôle de silence qui ne présage rien de bon.

L'Éponge regarde ses doigts, le mouillé suintant des jointures.

— Vous avez peur de parler mais vous le devriez, croyez-moi, ça fait du bien.

La voix de l'homme douceur résonne dans tous les sens, se réverbère contre les murs et les rails, plus aucun métro ne passe.

— Je vois, reprend encore l'homme avec cette douceur de plus en plus amplifiée que ça en devient exaspérant, vous avez peur de parler tout seul, mais ça arrive à des gens très bien. À moi, tenez.

L'Éponge risque un regard de côté. Bien sûr, le banc est vide. La foule des âmes s'est reformée, se serre les coudes. Depuis combien de temps l'écoute-t-elle parler tout seul?

L'homme qui rit hurle entre deux hoquets et deux galipettes sur le quai:

— L'Éponge qui ne parle pas parle toute seule!

Et la naine de jardin, tout près, fouille dans la poubelle avec la fébrilité de ses doigts boudins.

«Beurk!» dit encore l'Éponge et il serre les yeux très fort.

Alors il revoit sa vie comme on dit qu'on revoit sa vie quand on va mourir. Elle n'aura été tout entière et ne sera demeurée, à quelques saisons près, qu'une grosse mare où il n'aura jamais appris ni réussi à nager. À mesure qu'il grandissait, les mères le tenaient à flot avec des filins. Mais il tombait toujours au fond. Très tôt il a donc acquis cette propriété d'absorber, de marcher par absorption, c'est-à-dire d'apprendre à avancer en épongeant, lourd de cette eau qui l'écrasait, la tête et le ventre pleins de toute cette cochonnerie qu'on lui faisait avaler jour après jour. Avec les années, les mères avaient allongé les filins, donné du mou. Il était devenu une jeune éponge mais les choses ne s'arrangeaient pas. Le soir, quand il revenait chez les mères, il avait toujours un goût de vase dans la bouche. Les années ont coulé, il a plusieurs fois failli y rester, collé aux profondeurs, tandis que ses contemporains s'ébattaient à la surface. Les jours allaient, parfois un métro passait.

Une nuit précoce qui avait déjà tout d'éternelle s'installait alors que finissait la jeunesse de l'Éponge qui ne savait toujours pas nager. Et puis, un jour, un drôle de jour s'est levé et l'Éponge s'est retrouvé avec une drôle de forme informe accrochée à ses moignons. Ce qui fait qu'il se trouva encore plus lourd, il crut même en mourir au début. Et puis, curieusement, avec ce poids ventouse écrasé sur lui, il y eut quelques lunes où il crut fendre les flots salés, presque rejoindre les autres dans leurs ébats de bouées et de tubas. Les filins des mères s'étaient distendus, tant distendus qu'ils n'avaient plus aucune utilité.

Puis, un autre soir tomba et il reconnut le goût de la vase, la forme se déformait, s'imprégnait dans la terre. La forme se détacha. Et les eaux se refermèrent.

L'Éponge vécut la ligne bleue comme une délivrance. D'abord, elle était bleue et puis elle commençait en se faisant attendre en musique.

La preuve, d'ailleurs, que cette ligne était sympathique, il n'avait pas eu de mal à la trouver, avait repris sagement son chemin de Lionel-Groulx, direction Côte-Vertu, sans se tromper ni pisser, avait regardé passer Villa-Maria, était descendu à la station Snowdon, petits pas, petits escaliers qui avaient le bonheur d'être courts et roulants. L'homme douceur l'avait suivi. Dans le dernier escalier, il avait même susurré dans l'épaule de l'Éponge en faisant des moulinets avec sa canne:

— Je ne voulais pas vous humilier, ce n'est pas votre faute si vous parlez tout seul à haute voix, ça arrive à des gens très bien, ainsi, moi.

Trotte vite, trotte vite, l'Éponge, glisse sur les derniè-res marches, retrotte, la sueur aux pores, claudique, l'Éponge, monte dans la barge à flot des rails. Bien joué, l'Éponge.

L'exaltation fut telle qu'il faillit sortir, l'imprudent. Sortir, bref, commettre l'impensable. Cela se passait à la station Saint-Michel et Dieu sait si cette escale est en-fouie dans les profondeurs. Ce qui le sauva. Au beau milieu de la longue remontée vers les guérites, il com-mença à sentir les embruns et le goût salé de la grise après-midi. Ce qui eut le bienheureux effet de le sortir de sa torpeur.

Il faut dire qu'avant cela, il rêvait en somnambule de son arrivée au bureau.

Il eut juste le temps, une fois en haut, de se raccro-cher à la rampe visqueuse de l'autre escalier mécanique qui redescendait vers le port en douces vagues et autres clapotis.

Ainsi avait-il rêvassé de son arrivée vers 3 h au bu-reau, suant la sueur froide des métros innombrables. Il retrouverait sans peine sa place dans la pièce commune aux amphibies, le poste le plus loin de la fenêtre parce que même si les fenêtres se jouent à l'ancienneté, il était le plus faible et le plus lâche, surtout vis-à-vis des jeunes loups et louves qui, dès leur entrée dans l'arène, le tassaient d'un coup sec de tibia ou d'avant-bras. Il faut cependant tout de suite préciser que l'Éponge n'en était pas malheureux.

Et voilà que, chose étrange, il avait rêvé, fallait-il qu'il soit épuisé, qu'une amphibie femelle à chair molle se transformait en vermiforme et venait accueillir l'Éponge le sourire en l'air.

«Incroyable», s'était-il dit très en dedans de lui, mais il n'en avait pas moins continué à rêvasser tout à fait imbécilement. La vermiforme, car ce devait être une vermiforme de souche pour s'intéresser de façon aussi ostentatoire à une éponge, lui faisait les honneurs de la maison.

Chaise-bureau. Le téléphone lui était défendu, de toute façon il ne s'en était jamais servi.

— Nous avons été fort inquiets, Geooorges, murmurait encore le vermiforme femelle. Que vous est-il donc arrivé, Geooorges, vous qui êtes si ponctuel à votre ordinaire?

Les autres dans la pièce se tournaient lentement vers eux, un ou deux se bouchaient les oreilles comme la femme tout à l'heure dans le métro; il pleuvait du gris dans le petit bureau, le gris des rues et des poussières de cathédrale.

— Il ne te répondra pas, grogna un anoure moustachu qui avait droit à la fenêtre.

— Et puis on n'est pas au travail pour jacasser, dit un autre d'une voix fluette, qui faisait sa mue dans le fond et agitait devant son groin deux énormes paluches-nageoires à peine formées.

Alors, allez savoir par quelle naïveté – car devant un auditoire aussi hostile, toute partie de palabres était perdue d'avance – l'Éponge qui ne parlait jamais entreprit de conter les cortèges de métros, la sueur, la panique, comment il avait raté la station où il descendait pourtant tous les jours de la semaine depuis tant d'années pour aller travailler, les retrouver, eux, ses honorables et distingués collègues, comment il avait erré, soudain pauvre nourrisson qui ne sait plus marcher, perdu dans le noir sans sa maman au-delà du monde connu, exposé aux courants d'air, aux rencontres sauvages, aux arêtes coupantes impitoyables des escaliers mécaniques, aux quolibets des âmes qui le frôlaient sur les quais et l'auraient bien balancé à la mer s'il avait eu l'imprudence de relâcher une seconde son attention.

L'Éponge crut avoir longtemps parlé. Et c'est vrai qu'on eût dit que la nuit se glissait déjà par la fenêtre du petit antre aux escriptures. Et puis, l'anoure à la fenêtre et aux moustaches dit :

— Mais oui, va donc raconter ça aux pompiers, ils vont t'arroser.

Il y eut des rires. Le petit fluet du fond qui poursuivait sa mue enterrait tout le monde de saccades hystériques. La vermiforme, elle, prenait un air renfrogné.

— Au travail, laissa-t-elle tomber mollement de sa bouche à ventouses.

— C'est vrai ça, assez lambiné, hurlèrent les autres en chœur.

Et ils se replongèrent tous dans leurs grands livres, têtes dans les épaules, jambes entourées en serpent autour des pieds des chaises à roulettes.

— Vous aussi, au travail, grognait maintenant la vermiforme qui ne souriait plus, mais alors plus du tout. Pour qui vous prenez-vous pour nous faire perdre notre temps de la sorte?

Alors l'Éponge fit une horrible découverte, lui qui ne découvrait rien ou presque dans la vie. Il comprit confusément que ces ombres-là n'étaient pas des amphibies ni même des cousins lointains comme il avait voulu le croire. Ce bureau n'était même pas la mer comme on le lui avait fait croire autrefois. Ces êtres de bureau étaient ses pires ennemis, ses prédateurs directs. Des chasseurs d'éponges.

Un jour, ils se lèveraient tous d'un même mouvement, jetteraient leurs filets et le mangeraient tout cru.

Du temps avait dû passer depuis qu'il s'était réveillé de sa rêverie, pris de panique, et avait coulé de nouveau vers les hauts-fonds de la station Saint-Michel. Puis le métro pris à la course direction Snowdon, le wagon à peu près vide de voix et de corps. La poursuite avait été effroyable. Car, en ce creux d'après-midi, ils se dissimulaient maintenant derrière les piliers des quais, la naine de jardin, l'homme qui rit et leurs semblables, et il sentait leurs souffles dans son cou. Mais il savait, pas fou, qu'il devait prendre la ligne de la couleur de l'orange, direction Côte-Vertu, se répétait-il. Et il avait réussi, même si la correspondance à Jean-Talon avait été un enfer. Tunnels interminables où il n'avait croisé personne parce que, bien sûr, ils faisaient semblant de ne pas être là, se cachaient pour mieux sauter sur leur proie au petit coin d'un couloir, continuaient de faire défiler leurs paquebots avec des transats quasi vides, mais il n'était pas dupe.

Et puis les métros se repeuplèrent, le râle des âmes chassait enfin le silence, recommençait à murmurer sa chanson triste. L'Éponge respira. Il était arrivé à les semer. Les stations passaient.

Et voilà qu'il en était au grand Berri. Là, il y avait foule et c'était infiniment rassurant. Le voilà donc assis sur un banc, direction Angrignon, et cette ligne verte le transporterait tout beau tout chaud jusqu'à la station Saint-Laurent. Ils ne pourraient plus le tromper.

Et c'est à ce moment, alors que rien ne l'annonçait, qu'on aurait même pu penser que tout allait mieux, que déferla sur lui un énorme sentiment de détresse.

Il connaissait les signes annonciateurs, quand la mare a d'un coup des remous qui se soulèvent en gerbes mauves, alourdies de toutes sortes d'algues parasites et qui viennent mourir sur le quai, à l'extrémité de ses souliers. Quand la vase sent encore plus mauvais que d'habitude, lui colle à la gorge.

L'Éponge prend ses bras et les croise très fort. En fait, il se prend dans les bras. N'entend pas l'homme qui rit, secoué de sa gibelotte de tics, qui le montre du doigt, cramponné à un téléphone public près de la tabagie.

— Voyez, voyez, l'Éponge se berce, l'Éponge se prend pour un petit bébé!

Alors l'Éponge, comme cela lui arrive décidément de plus en plus souvent, serra les yeux très fort. La digue avait sauté en mille et une planches à clous. Il y avait d'abord eu une fente par laquelle l'eau s'immisçait, comme on vous l'a déjà dit, et puis la fente venait à s'élargir, le clapotis se faisait marée.

— Cessez de vous balancer comme ça, disait de son côté l'homme douceur, et ses petits yeux riaient encore plus que d'habitude. Allez plutôt acheter un journal, que diable! Vous pourriez peut-être y apprendre des choses.

«Beurk!» fit l'Éponge qui ne sait rien dire d'autre.

Et il tapa du pied.

À présent, la tempête faisait drôlement rage sur les rails et les vagues en forme de lames ondulantes venaient lécher les pattes arrière des âmes en attente.

— Je me permets d'insister, disait l'homme tout en douceur en caressant sa fine barbe d'une main et en faisant virevolter sa canne de l'autre. Allez chercher le journal. Ne me dites quand même pas que vous ne savez pas lire! Vous voulez que je vous dise, vous voulez passer pour plus bête que vous êtes. Vous trompez votre monde, voilà. Vous croyiez que vous pouviez vivre ainsi impunément comme une éponge, qu'on vous laisserait éternellement barboter dans votre mare? D'accord, vous avez eu une vie bien triste, je dirais même lamentable, mais ce n'est pas une raison pour faire l'autruche!

Alors il les vit, les trois, sur la rive d'en face du Berri.
Il aurait préférer les rencontrer dans un wagon.

Imaginez.

La grande avec, sur son giron, la claudicante. La troisième, celle aux cheveux blancs, regarde ailleurs. Trois statues assises, comme prises ensemble dans la même pierre brute. La grande brune dans sa robe à grosses fleurs qui n'en finit pas de tomber le long de ses longs membres. La claudicante avec sa tête à boutons posée sur le ventre de la géante, une patte en l'air fichée dans un godillot boueux, une main aux maigres phalanges enroulées autour de la saillie du genou de la grande brune, l'autre main crispée sur un manche de pelle. Les yeux aussi fermés que ceux de la géante sont béants. Et la troisième, à côté, comme absente, sans traits ni regard. On croirait qu'elle regarde si un métro arrive, le front plissé comme sous l'effet d'un gros effort d'attention, mais non, vous le savez, elle n'attend rien, n'a jamais rien attendu.

Imaginez.

Les trois formes figées dans leur banc de pierre, pas un souffle. Pourtant, si vous prêtiez l'oreille, vous seriez en droit de dire que la claudicante ronfle de fatigue.

Pas comme la grande qui rêve encore, patauge dans ses caresses sur papier glacé.

Pas comme la troisième avec ses airs d'absente à tout prix dans ses habits de jogging, comme essoufflée d'avoir trop couru.

L'Éponge regarde le bloc de ciment assis de l'autre côté du continent. À force de regarder, une drôle de boule lui remonte la gorge.

— Ah non!

Parce que tout à coup, se trouver là ne leur suffit plus, elles bougent! La vérolée toussote, agite le manche de pelle et le godillot, la grande la berce en chantonnant un chant de son pays tandis que la troisième agite ses *running shoes* frénétiquement.

— Ah non! Beurk!

Ce n'est plus une mais dix boules qui lui remontent à présent. L'Éponge est trop lourd pour avancer. Il pèse des tonnes.

Un métro s'arrête. Le train bleu masque les trois formes, l'invite à monter, ce n'est pas sorcier tout de même, faire comme les autres, tous ces corps qui le bousculent, le poussent en avant pour le faire entrer dans la lumière d'or. Parce que c'est le début de l'heure de pointe.

Mais l'Éponge résiste, les repousse de toutes ses forces, crie qu'il restera sur le quai, qu'ils ne l'emmèneront pas aussi facilement à l'abattoir. Parce que l'Éponge ne se laisse plus avoir. Depuis le songe éveillé qu'il a fait de son retour au bureau, il connaît leur véritable identité. Dire qu'il avait cru un jour pouvoir être des leurs. Pauvre petite éponge. Ils montrent maintenant leurs véritables visages de chasseurs d'éponges, avec leurs grosses pattes agrippées à leur rame, piaffant de n'être déjà pas plus loin, ils ne l'ont jamais accepté, même quand ils faisaient mine de lui laisser un petit transat dans un coin, le temps de deux ou trois stations. Ils rêvaient tous du jour où ils prendraient leurs harpons et l'acculeraient en haute mer un jour d'affluence comme aujourd'hui, ni vu ni connu.

Les portes se referment. Il a gagné. Les voilà partis sans lui. Bon vent. Le métro s'enfouit dans le tunnel, laissant derrière lui des lueurs d'arc-en-ciel.

Resté seul sur la banquise, l'Éponge tend son cou sale. Plus personne sur le quai d'en face. L'eau, en refluant, a dû emporter le monolithe.

En haut de l'escalier mécanique, elles l'attendaient toutes les trois, bras dessus, bras dessous, hilares. Et puis, comme il arrivait à leur hauteur, se cachant la face de ses bras pour parer les coups, elles ont pris leurs jambes à leur cou et se sont perdues dans la poussière blanche de la station Berri.

L'Éponge se retrouva face au plan du métro. Au rendez-vous de la ligne jaune. Direction Longueuil. Du doigt, il suivit le gros trait.

Alors il se précipita, tête la première, au bas de l'escalier toboggan, dans le lac bourbeux où barbotaient déjà diverses tribus de chasseurs d'éponges.

Je lui ai demandé, tandis qu'il enfouissait sa bave grasse dans son mouchoir:

— Pourquoi est-ce que tu as dit au début que la journée n'avait pas commencé comme d'habitude? Et puis, est-ce qu'elles sont seulement vraies, tes histoires? Tu veux que je te dise, elles sont bien trop folles pour être vraies, tes histoires! Tu inventes tout ça ou quoi?

Deux grosses larmes coulaient sur ses joues grisâtres.

— Bon, d'accord, je n'ai rien dit...

Dans le fond, c'est vrai que je n'avais rien de mieux à faire que de rester là, à l'écouter, à remplir mon vide de ses histoires de fou, de ses odeurs âcres.

— Ben oui, je suis toujours là! Tu sais, si je voulais, je pourrais partir, remonter aux surfaces. Et puis? Pour aller où?

La mort en blanc de Léa

Léa reprend la parole. Léa veut dire encore:

Nous en étions restés, si vous vous rappelez, à ce moment de ma vie où j'attendais la mort. Comme Giôrgy et Roberta sont en retard, j'aimerais revenir sur certains passages de mon histoire.

Par exemple, j'aimerais vous parler un peu plus longuement de Roberta.

Un jour, elle est venue à notre «Terre», je ne sais pas pour quoi y faire puisqu'elle n'avait pas envie de me voir et que moi, je n'avais pas grand-chose à dire.

Je me rappelle qu'elle a parlé surtout de son père qui devait être rusé comme un singe parce qu'elle l'appelait toujours le singe. Le singe a fait ci, le singe est tombé le nez dans son assiette, le singe était lourd à traîner et tutti quanti. J'ai cru comprendre qu'elle avait enterré le singe toute seule dans la cour derrière leur affreuse maison.

J'ai demandé, tout de même admirative devant tant de force:

— Tu l'as fait toute seule?

Elle ne m'entendait pas, elle parlait maintenant avec une telle rapidité, c'était fou, et moi j'écarquillais les yeux et elle me racontait des histoires sans queue ni tête de pluie et d'orage, de température qu'il ferait et qu'il ne ferait plus, de notes de musique accrochées à la lune, et elle souriait, elle était presque belle, assise dans ma cuisine, les joues creuses allumées par mon formica, réverbérées dans les miroiteries qui effaçaient ses boutons, allumaient ses petits yeux.

Et puis elle s'est levée et, comme on dit, le charme a été rompu. La fin d'un moment parfait ou presque, d'un de ces moments grandioses que je m'invente comme dans mes romans-photos parce que, qu'est-ce que vous voulez, ce qu'on ne vit pas, il faut bien l'inventer.

Donc, elle s'est levée et a marché. Vous ne pouvez pas savoir comme elle peut claudiquer, la Roberta. C'est plus que boiter, ça donne le mal de mer.

Alors elle s'est mise à aboyer, debout sur ses deux maigres pattes de derrière, une patte de devant sur la poignée de la porte:

— En fait, ce n'est pas pour te dire tout ça que je suis venue. Je suis venue pour le chat.

Je ne me souviens pas de ce que j'ai répondu.

Elle est venue une deuxième fois. Elle s'est assise et a commencé à parler mais je n'étais plus sous le charme, comme je vous l'ai déjà dit, je suis quelqu'un qui est très sensible, un oiseau des îles qui n'aime pas ce qui est en cage. Et Roberta sentait si fort la cage. Quand je l'ai vue arriver, tanguant dans le jardin, puis s'appuyer sur la sonnette, je me suis dit: «N'ouvre pas, Léa, ma petite Léa d'amour, pense à toi, ne laisse pas entrer le vent mauvais!» Mais la porte n'était pas fermée. La claudicante n'a eu qu'à pousser.

Elle m'a parlé ce jour-là de roseaux. Je ne pourrais pas vous répéter ce qu'elle m'a dit parce que je n'ai pas compris grand-chose. Elle me parlait encore de lune et d'humidité, de beaucoup d'humidité. Je n'écoutais que d'une oreille. Et puis elle a dit:

— Enfin, ce n'est pas pour ça que je suis venue.

Il y avait le feu du formica de ma cuisine dans ses petits yeux.

Elle m'a dit de sortir, qu'elle allait s'occuper de tout ça, qu'elle avait l'habitude, que je n'avais qu'à aller chez la voisine et qu'en revenant, mon formica serait propre comme un sou neuf.

Elle faisait mine de se lever, d'envoyer valser de côté une hanche, puis l'autre. J'ai couru vers la porte. Elle barrait le passage en hérissant sa poitrine plate.

Je lui ai dit:

— Eh bien, laissez-moi passer!

— Lave-toi les mains avant.

— Bien sûr, à quoi je pensais…

Et puis j'ai ajouté, enfin je crois:

— Merci.

Je suis sûre qu'elle n'a rien répondu.

Avant de passer à la troisième fois, comme vous l'attendez, j'aimerais insister sur une petite chose, tout à fait entre nous. Je ne suis pas folle. Je suis Léa. La grande Léa, née sur la belle terre de l'Émilie et immolée comme une magnifique esclave sur les basses terres du Saint-Laurent, la pauvre grande Léa livrée aux mains d'un simili-humain qui l'a conquise avec son parfum de soupe en boîte.

Un jour, croyez-le ou non je m'en moque, j'ai voulu parler de mes malheurs à mon grand frère Dino, vous savez, le vaniteux du début qui n'est pas venu à mon mariage. Je suis allée à la cabine téléphonique en face de la dépanneuse et je l'ai appelé. Je lui ai tout raconté, et ma vie de tous les jours et la méchante au bel canto et la folle qui boite et les chats, tout ou presque. Vous savez ce qu'il m'a répondu? Qu'il appellerait la police si je n'arrêtais pas de faire et de dire des niaiseries. Quelles niaiseries? Est-ce que tuer son ennui dans la prunelle d'or d'un chat, c'est une niaiserie?

Nous en arrivons à la troisième fois. Je vais vous décevoir mais non, c'est vrai, vous connaissez déjà l'histoire. Le gros blanc est parti tout seul sans demander son reste. Roberta est venue pour rien par conséquent, ce qui ne l'a pas empêchée de dire sottise sur sottise. Que la dernière fois qu'elle était venue, elle m'avait vue ficeler le chat noir comme un rôti, que ce n'était pas beau à voir. Et quoi encore?

«Et moi, là-dedans? Tu parles toujours de Roberta, mais moi?»

«Toi, tu as surgi de mon papier glacé le temps d'une boîte de conserve et je t'ai collé très fort, je voulais tant que l'histoire finisse bien, et j'ai continué à m'accrocher à toi jusqu'à la sortie du petit avorton, fils de l'avorton.»

Léa veut dire encore:

Je vous ai raconté comment il est entré dans la chambre, a pris la chose dans ses bras et est sorti sans un mot. Sa sœur devait l'attendre dans la cuisine. Je ne les entendais pas, ils ne se parlaient sans doute pas, de toute façon.

Et puis, il y a eu le bruit de la pelle, la nuit très lourde qui pesait sur tout, sur mon érable qui, un peu plus, serait lui aussi rentré ventre sous terre. Vous me demandez si c'était une nuit de pleine lune? Je ne me souviens plus. Ce que je sais, c'est qu'il n'y avait pas de notes de piano qui s'envolaient. Il n'y a jamais eu de piano.

Attendez, là, il va me dire: «Je ne me souviens pas de ce moment grandiose, Léa. Il n'y a jamais eu de moment grandiose, Léa, il n'y a eu qu'une enfilade de petits matins mensonges, de soirs sans soie et, entre les deux, du mauvais vent qui soufflait sa mauvaise haleine. Mais à quoi ça sert de le répéter, ma pauvre grande Léa, tu n'as jamais rien compris à rien. Encore moins que moi qui n'ai jamais été habitué qu'aux bruits des batraciens. Et tu vas partir et il n'y a déjà plus rien à dire, plus rien à respirer parce que tu m'avais appris à ouvrir mes débuts de branchies mais ces commencements-là se rabougrissent et c'est peu de le dire, il faut de nouveau que j'ouvre très grand la bouche, Léa, pour recevoir un peu d'air et tu vas me quitter, Léa.»

Pauvre Giôrgy. Vous savez, je ne lui en veux pas, même si je suis sûre que, dans toute cette histoire, il a fait une plus belle part à sa sœur, la boitillante aux mains en forme de pelle. Je suis sûre qu'il vous a raconté la scène du ticket sur le buffet, les roseaux et le faux piano.

Il n'empêche que je vais me construire ma fin à moi, une fin peut-être pas digne de la grande Léa, mais une fin quand même, même si aucun roman-photo n'en aurait voulu.

Alors figurez-vous que je suis sortie un peu avant le moment que vous connaissez où je me reflète dans mon formica en attendant la mort. Je suis sortie, la nuit tombait et j'ai traversé mon jardin troué comme du gruyère.

J'avançais comme ça, sans trop savoir où j'allais. Tout ce que je savais, c'est que je ne devais pas trop m'éloigner, alors je suis passée chez la dépanneuse. Je suis entrée dans le magasin. Vous m'auriez vue, vous m'auriez applaudie. J'étais vraiment très bien, tout à fait dans le rôle. Je me suis avancée comme ça, très majestueuse, et quand j'étais assez près, je lui ai *sputtato al viso*, autrement dit j'ai craché au visage de la mauvaise femme. Il y avait trois ou quatre clients qui fourrageaient alentour. Je pense qu'il y en a un qui a fait un «oh», les autres se bouchaient les oreilles et les yeux.

La dépanneuse prenait son trou de souris derrière la caisse. Elle tremblait et ses méchants yeux valsaient dans les orbites. Je lui ai tourné le dos, toujours drapée dans ma grande majesté et suis sortie dans un silence de mort.

La rossignole ne m'attendait pas, pas plus que la dépanneuse ou personne d'autre ce soir-là. Elle ne faisait pas ses vocalises pour une fois. Elle penchait son gros sourire sur sa cuisinière, occupée à faire cuire des spaghettis parce qu'elle avait une invitée. Pas moi, qu'est-ce que vous croyez, je vous ai dit qu'elle ne m'attendait pas et puis vous vous rappellerez qu'on était fâchées toutes les deux. Alors elle m'a vue entrant dans sa cuisine avec cette grâce innée des jeunes princesses des pays du soleil. Elle a tout de suite perlé la sueur, regardé mes grandes belles mains ballantes le long de ma tunique de soie. J'ai bien vu que ça la rassurait que je sois venue les mains vides.

J'aurais pu lui cracher au visage, comme à l'autre, et puis j'ai vu qu'elle avait invité mon ancienne concierge, vous savez, celle qui était venue à mon mariage. J'ai dit, et la concierge regardait complètement ailleurs, assise à la petite table toute bien mise avec la nappe blanche et tout et tout, j'ai dit:

«Je suis contente que vous soyez devenues amies, je ne savais pas.»

Je suis sortie et il vous dira que j'avais des gros sanglots qui me sortaient de la bouche et de partout et que je me sentais en désespoir comme il m'avait appris à l'être, c'est-à-dire alourdie.

C'est à peu près tout. Que voulez-vous que je vous dise de plus. Me revoilà dans mes reflets de formica. La nuit est carrément tombée. Ils sont vraiment en retard. Ils doivent vouloir que je le fasse avant qu'ils arrivent, que la grande Léa fasse le grand saut gentiment, après il ne restera plus qu'à lui trouver un trou.

Je crois entendre leurs souffles à l'unisson.

Il lui dit:

— Tu crois que c'est fait?

Et il frissonne quand même, secoué autant qu'il peut l'être.

Et elle lui dit:

— Je ne sais pas, elle est si bête...

Et il ne répond pas. Enfin, je crois.

*

Il suffit d'avaler. Ce n'est pas si difficile quand on a une grande bouche comme celle de la grande Léa. Elle tend un doigt ou deux vers le verre où Roberta lui a dit de verser la mort-aux-rats. Léa serre les yeux très fort, voit la grande rue de son village d'Émilie, sent et entend les odeurs et les bruits de valse du rideau de dentelle contre la croisée de la fenêtre, car elle ne veut plus voir que du blanc, le blanc de ses amies d'enfance, aujour-d'hui jeunes mariées, avec leur grande robe qui vole et se gonfle au vent comme le voile et le jupon sous la robe et le lourd chignon noir sous la couronne de fleurs, elle voit la dernière case du roman-photo et elle sourit, la grande bête de Léa, en buvant à grandes lampées.

Il y a le mot «fin» inscrit quelque part et quand la porte s'ouvre sur fond de fantômes et d'érable, il y a le pas saccadé, typiquement asymétrique, du cheval du prince qui bat le carrelage.

— C'est bien, dit Roberta. Allez Jojo, au travail, faut s'y mettre mon grand si on ne veut pas rater le dernier métro.

Les morts-aux rats de Roberta

C'est normal. Roberta veut à son tour reprendre la parole. Elle veut raconter encore. Bien des choses se sont passées depuis qu'on s'est parlé la dernière fois. Aujourd'hui, moi aussi j'attends la mort dans ma cuisine. Sauf que moi, c'est le matin, pas le soir, que ma table est en bois et pas dans son espèce de formica et que dans mon jardin à moi, il n'y a qu'un singe d'enterré.

J'avais, depuis les tout débuts, divisé ma petite réserve personnelle de mort-aux-rats en cinq portions égales. Le singe et l'autre partis, il en restait trois.

Vous savez, c'est jamais facile de mourir. Je dois même avouer que le soir où j'ai trouvé la grande Léa le nez dans son verre, bouche tordue et yeux retroussés, j'ai eu comme un pincement de cœur. J'ai dit à Jojo:

— Allez, au travail, il faut s'y mettre mon grand si on ne veut pas rater le dernier métro.

Je pense bien qu'en fait, c'était moi la plus remuée. Jojo, comme toujours, regardait ailleurs.

Parce qu'il faut le connaître, mon Jojo. Peut-être que je ne vous ai pas assez parlé ou que je n'ai pas su vous parler assez bien de lui. D'abord, tout petit, il était très laid, des traits pas beaux d'adulte sur un corps qui ne savait pas être enfant et sa peur de tout qui s'est mise à danser dans ses yeux dès qu'il a vu le monde. Alors, moi, toute petite moi aussi, je l'ai pris sous mon aile et tous les deux, on a battu l'enfance et l'adolescence, traversé les jeunesses sans perdre trop de plumes jusqu'à l'arrivée de cette oie sauvage d'Italie avec ses tickets de métro et ses idées de grandeur.

Un jour elle s'est mis dans la tête qu'elle attendait un petit de Jojo, mon pauvre Jojo, lui qui, c'est certain, devait éviter de la toucher de peur qu'elle l'étouffe comme un boa. C'est simple, je suis sûre qu'il ne dormait plus tellement il avait toujours peur. Il ne me racontait pas tout ça mais je le voyais bien quand il venait me chercher à l'aide à la maison, je le voyais dans sa façon de marcher, de plus en plus trébuchante.

Bref, quand je suis arrivée ventre à terre par le premier métro venu avec mon Jojo tremblant de toutes ses ventouses, elle était dans son lit avec le bas du ventre en sang.

— Non, ne me le prenez pas comme les autres, ne me le tuez pas, il est né un peu en avance mais il peut vivre, j'ai vu qu'il est tout formé!

Bon, je ne sais plus trop ce que je vous ai raconté sur cette scène-là. Aujourd'hui, je peux bien vous le dire. J'ai soulevé le drap. Le bébé était un bébé chat.

Je ne sais plus trop non plus ce que je vous ai raconté sur le jour du mariage. En fait, il n'y avait ni fille riche ni château, seulement une haine bien solide et bien grasse et la certitude que tout ça n'allait pas durer.

Roberta veut dire encore:

Il y a une autre chose sur laquelle j'aimerais revenir avant de m'en aller de toute cette histoire. Vous avez dû comprendre que je boite. Eh bien, je fais semblant. Depuis longtemps. Et j'avoue que j'aimais ça, exagérer mon boitillement devant Léa la niaiseuse. Je voyais bien dans ses yeux de dinde que ça lui donnait la nausée. Mais vous savez, on m'aurait dit d'arrêter, d'avancer tout droit sans envoyer mes pieds bots de côté, je n'aurais pas réussi. M'man, elle ne se souvenait pas non plus de m'avoir vue marcher autrement qu'en écrevisse. Il faut dire que M'man ne se souvient pas de grand-chose, et ça ne s'arrange pas. Son jogging doit y être pour quelque chose. T'en fais pas, M'man, tu vas bientôt finir de courir.

Des mois ont passé depuis le départ de la grande brune. Après l'embellie du retour définitif de Jojo à la maison, le temps a vite commencé à se gâter. Cette façon qu'il avait autrefois de danser, jeune elfe aérien, et cette manie qu'il a à présent de ramper, en déséquilibre sur ses pieds. Tenez, je pense bien, l'autre soir, l'avoir vu descendre l'escalier de la maison sur le derrière tandis que j'agitais frénétiquement la cloche.

Je lui ai dit:

— Mais Jojo, on dirait que tu ne sais plus descendre une marche!

Et il m'a répondu:

— J'ai mal.

Je l'ai regardé dans les yeux et j'ai de nouveau agité la cloche comme une malade.

J'ai crié:

— Ne me dis plus jamais ça, tu entends?

Des fois je pense que j'ai été trop fine avec lui. «Mon Jojo par-ci, mon petit Jojo par-là. Joue du piano pour moi, Jojo. Mais non, Jojo, ne bouge pas, je vais tout faire pour toi. Tu veux que j'enterre le père, mais oui! Tu veux que j'enterre ta femme? On y va!» Enfin, disons que pour Léa, c'est moi qui ai pris l'initiative.

Un soir, enfin je ne sais plus trop ce que je vous ai raconté sur cette scène-là, en tout cas, un soir, il vous le dira, qu'il était à notre maison des mères et que l'autre l'attendait encore au domaine, j'ai montré à Jojo une portion de mort-aux-rats dans un petit sac en plastique.

Je ne lui ai rien dit, seulement montré. Je suis devenue assez forte, moi aussi, au jeu de celui qui en dira le moins.

La situation était simple: trois chats et un bébé-chaton plus tard, Léa était une bête qu'il fallait empêcher de nuire. La prochaine fois, c'est moi qu'elle étriperait avec son couteau de cuisine. Et alors je ne pourrais tout de même pas m'enterrer moi-même.

C'est cette raison qui a dû le décider. Bon, j'avoue que ce soir-là où je dis que je n'ai pas dit grand-chose, j'ai parlé deux bonnes heures. Jojo m'écoutait, assis en face de moi dans la salle à manger, M'man faisait son jogging dans sa chambre, sautait comme une grosse enfant attardée au-dessus de nos têtes.

J'ai dit:

— Tu comprends, Jojo, elle boit ça et après c'est fini. Tu reviens ici, on reprend notre vie d'avant.

À ce moment, toujours assis, les jambes croisées, il m'a regardée, lui qui ne fixe jamais rien dans les yeux.

J'ai ajouté:

— T'en fais pas, je ferai tout pour toi, la nuit sera belle, on annonce une nuit sans lune aucune ni étoile, pas trop froide, tout à fait dans les moyennes saisonnières et côté précipitations...

Je me suis tue, qu'est-ce que vous voulez, il riait! Et il s'envoyait le torse gracile en arrière, secoué par des vagues de rigolade.

— Arrête, Jojo! j'ai crié.

Et je lui ai dit que c'était déjà tout arrangé avec elle, que je lui avais parlé, que je lui avais dit qu'elle pouvait, avant, aller se chercher un de ses romans-photos et puis que ça ne ferait pas très mal et que la terre ne serait pas trop humide vu qu'il n'avait pas plu depuis huit jours.

Je me suis levée en colère, envoyant ma hanche droite de travers.

— Arrête, Jojo! Tu ris parce que tu crois que je suis redevenue un singe imberbe mais toi, tu veux que je te dise, de l'elfe que tu étais, tu es devenu un crabe. Regarde-toi. Tu n'es plus capable de mettre un pied devant l'autre, c'est simple, tu es tout en moignons!

J'ai encore ajouté:

— Écoute, je suis sûre qu'une fois la folle aux chats partie, tu reprendras du poil de la bête. Après tout, c'est sa faute à elle. Tu n'as rien à te reprocher. Tu as été trop fin, c'est tout, ça arrive à bien des gens. Par exemple, moi, je parle de plus en plus toute seule, eh bien je me dis que ça arrive à des gens très bien.

Il me fixait encore. C'était incroyable. Il n'avait jamais fixé aussi longtemps.

— Je suis sûre que tu vas recommencer à courir.

— Je n'ai jamais couru.

— À jouer du piano.

— Je n'ai jamais joué de piano.

— À aller avec moi, léger, dans les roseaux.

— Il n'y a jamais eu de roseaux.

Alors, je lui ai promis. C'est fou tout ce que je lui ai promis, des promesses impossibles à tenir. Qu'il volerait, lui qui n'avait jamais su marcher. Qu'il nagerait, lui

qui se noyait à chaque pas. Qu'il chanterait, qu'il siffle-
rait comme un rossignol, qu'il serait applaudi et qu'on
le remarquerait, qu'il serait adoré, qu'au travail, on lui
baiserait les pieds à tous les moments de la journée sans
qu'il demande rien, qu'on lui donnerait la place près de
la fenêtre et qu'une armée de vermiformes lui déroule-
rait chaque matin le tapis rouge.

J'en ai dit des choses. Il me fixait et il n'y avait rien
dans ses yeux. Si, comme de l'eau plate, extraordinairement calme, dormante, la pire, celle des morts, celle sans
vagues, où on peut enfouir les cadavres bien au fond en
sachant qu'ils ne remonteront pas.

Il a dit oui, c'est-à-dire qu'il n'a dit ni oui ni non,
comme d'habitude. Je n'avais pas menti sur un point.
C'était vrai que j'étais allée voir la bête de Léa et que je
lui avais expliqué la situation. Et le plus incroyable, c'est
qu'elle avait compris tout de suite. Pas besoin de lui
faire un dessin. Elle balançait son long cou.

— Vous avez raison, Roberta, il n'y a rien d'autre à
faire.

Je lui ai tendu la dose de mort-aux-rats.

— Tu mets ça dans un verre avec un peu d'eau.
Demain, quand le soir tombe, c'est toujours le meilleur
moment. Ça ne devrait pas durer trop longtemps.

— Vous direz à mon frère… c'est ma dernière famille, que…

— Et puis quoi encore? Tu n'as rien à dire, c'est ça
ou la maison de fous. D'ailleurs, Jojo…

— Oh! Jojo…
— Quoi, Jojo?
Elle souriait ailleurs.

«Roberta a emporté Léa jusqu'à sa tombe. Léa pendait dans les bras de Roberta, la tête et les cheveux en arrière, les grands yeux trop grands ouverts. Roberta a enterré Léa très profond, plus profond que les poissons des aquariums, les carpes des mares et les truites des lacs. Elle l'a pour toujours enfoncée dans le noir opaque des bas-fonds avec les poulpes et les habitants des sables des grandes fosses marines.»

Roberta dit pour en finir:
Ce matin, c'est à mon tour d'attendre la mort. Il y a des gens qui meurent d'un coup sans s'en rendre compte, d'autres sur qui la mort peut s'ancrer, qu'elle a le temps d'épouvanter. Et puis d'autres encore qui l'appellent, l'invitent à rester au moins pour la journée ou pour la nuit parce qu'il fait trop mauvais pour mettre un chat dehors.

J'aurais tout de même préféré que ça se termine autrement. En famille, après un petit tour aux roseaux. Une mort ensemble, tous les trois, bien serrés les uns contre les autres, ç'aurait été tellement beau. Je ne comprends pas pourquoi Jojo a pris cet air-là tout à l'heure quand je lui ai montré sa petite dose toute prête, pourquoi il s'est obstiné à vouloir prendre le métro pour aller travailler.

Le jour s'est levé, tout en gris. M'man fait comme d'habitude ses cent pas là-haut avant de descendre faire son jogging et ses ménages. Elle, je peux vous dire qu'elle ne prendra pas un drôle d'air, elle boira sa petite tasse de chocolat chaud avec sa petite dose gentiment.

Tout à l'heure, avant qu'il parte, je me suis mise en colère contre mon Jojo. Je l'ai traité de tous les noms. Je lui ai interdit de sortir. Je lui criais: «Prends donc ta petite dose, il ne fait pas un temps à aller au travail!» Il ne voulait pas m'écouter. Il a rampé jusqu'à la porte, le cou tordu, suant dans son foulard, et ses pieds avaient du mal à se poser. Et puis il a mis comme une nageoire sur la poignée de la porte, il a fait un effort terrible pour l'ouvrir parce que les éponges, c'est bien connu, ça n'a pas de force dans les bras. Et il s'est laissé glisser sur le dos, gluant, le long des arêtes des marches du dehors et puis il s'est redressé et je l'ai vu, cassé en deux, en cinq, en six, traverser la rue.

J'ai refermé la porte.

M'man descend l'escalier avec sa grosse face d'abrutie.

Je lui dis:

— Jojo, il n'a rien voulu prendre avant de partir. Allez, viens, nous on va déjeuner, j'ai un nouveau petit chocolat chaud pour toi. J'en prendrai aussi.

Nous voilà toutes les deux devant nos chocolats à la mort-aux-rats. Je ne comprends toujours pas pourquoi Jojo n'a pas voulu nous accompagner, s'est obstiné à ouvrir la porte, prendre le métro.

Les éponges sont laissées vingt-quatre heures au grand air; la putréfaction se fait vite et elles sont bientôt débarrassées de leurs tissus vivants; on enlève au couteau ce qui en reste. On lave ces éponges qui sentent fort mauvais et on les laisse sécher au grand air.

Les deux soleils d'or

Nous avions laissé l'Éponge au grand Berri, au rendez-vous de la ligne jaune. Il est maintenant arrivé au bas du premier escalier mécanique direction Longueuil et se met à longer les piliers de cathédrale. À droite, de faux musiciens font le plus de bruit qu'ils peuvent et ce qu'il y a d'étonnant, c'est qu'aucune âme ne se bouche les oreilles. Il faut dire qu'on ne se distingue plus beaucoup les uns des autres dans la foule qui flue et reflue. L'Éponge comprend confusément pour avoir déjà vécu la chose que c'est l'heure de pointe, l'heure où anoures, cloportes, mouettes rieuses et fauves édentés regagnent leur tanière. L'heure où il aurait pu rentrer lui aussi.

En haut du deuxième escalier mécanique, il a comme une certitude quelque part dans sa tête d'éponge que tout ça va bientôt finir, plus de mal, plus de peur nulle part surtout, et il sourit comme cela lui arrive parfois.

D'un coup, il a l'air presque royal, soudain redressé, l'œil clair, la bouche ferme. Comme il descend ainsi, porté par les saccades des vagues de fer, il croise une femme de peine qui, elle, monte, presque couchée sur son balai dans l'escalier mécanique d'à côté. Dans son ascension, elle laisse visiblement glisser son balai de sorcière le long du terre-plein argent acier entre les deux escaliers exprès pour le nettoyer doucement comme une caresse, la tête sur les cheveux du balai dans une pose d'abandon. Toute personne bien constituée serait émue.

Mais l'Éponge est tout à sa majesté et c'est toujours droit comme un «i» qu'il s'avance à présent au bas des marches, dans le couloir d'ombres, et oblique vers la droite comme s'il avait fait ça toute sa vie.

Juste au coin, dans la courbe, une créature est assise sur une chaise, la tête en arrière, les yeux en avant, la main droite en l'air. Il y a une pièce de monnaie dans sa petite paume recroquevillée. La créature en question ne doit pas savoir marcher pour s'être assise de la sorte, les moignons si détachés du corps.

«Beurk!» fait l'Éponge.

Et il détale.

Un autre escalier l'attend, un escalier à marches.

Contorsionne-toi, l'Éponge, tu vas arriver bientôt au terme de ton voyage.

Le quai, gris. La bête tapie dans le noir du tunnel à gauche. Et c'est de la droite qu'une autre arrive. Les portes coulissent. L'Éponge est tout remué, les autres passagers le poussent, font pression sur lui pour qu'il s'assoie, cesse de prendre cet air ahuri, prenne à la place leur air de naufragés fatigués.

C'est parti. L'Éponge, pour avoir fait le trajet bien des fois, sait que ce sera long. Il évite les yeux des autres, se glisse tout entier de côté sur la banquette, tassé contre le hublot, la main contre sa joue pour ne pas se voir par inadvertance.

Tout d'un coup, il n'entend plus les moteurs du navire. On s'est immobilisé en pleine mer, ça tangue. Les portes coulissent de nouveau. Station Île Sainte-Hélène, c'est vrai, c'est comme ça qu'on l'appelait. L'Éponge l'avait oubliée, celle-là. Des âmes entrent, restent debout. Il y a des fils argentés dans leurs chevelures. Une jeune fille secoue ses boucles et il en tombe quelques touffes blanches. À côté de l'Éponge, un homme lit un journal pour se donner une contenance. Un autre parle tout seul.

Il y a de plus en plus de rescapés qui nageaient avec peine dans les ténèbres et qui sautent de la crête des vagues jusque sur le radeau, par conséquent de plus en plus lourd et enneigé. Si ça continue, on va tous chavirer, l'air est d'ailleurs de plus en plus pesant, il faudrait leur dire d'arrêter d'entrer ainsi en sautant d'un bond dans le wagon, comme s'ils étaient chez eux.

Et pourquoi le métro ne redémarre-t-il pas? Les portes ne se referment pas. Les têtes de plus en plus blanches en profitent, se multiplient, dansent la gigue, et l'Éponge, qui a déjà du mal à respirer en temps normal, étouffe carrément.

Et ils continuent d'affluer, se hissent maintenant sur le pont à la force de leurs lourdes cuisses, de leurs coudes râpeux sous le nylon des chemises. L'Éponge reconnaît la petite fille du commencement, qui essaie encore bêtement de virevolter autour d'un des grands mâts, comprend que le mieux est encore de glisser entre les jambes des paroissiens adultes, le fait, se trémousse sans grâce, les yeux emplis de larmes de rage, entre les godillots et autres lourdes bottes, s'énerve, crie parce qu'elle voudrait encore tournicoter comme au début de l'histoire.

Quelqu'un dit:

— On n'a pas le droit de nous laisser comme ça sans nous dire ce qui se passe!

Et tout le monde opine du chef, l'Éponge aussi, avec même une grande frénésie. C'est rassurant, cette unanimité parce qu'ils sont tous pareils maintenant, fatigués et suants, même l'Éponge qui se met à adresser un sourire bête au passager assis quasi face à lui, de guingois.

L'Éponge, range tes abattis!

L'homme est un noble vieillard au regard bleu, à la barbe blanche et aux longs cheveux gris, avec, sur ses genoux maigres, un chat en cage.

Le vieux se penche, il dit, doucereux:

— Vous aimez les chats?

Le bruit sec des battants qui se rejoignent. Ils quittent le quai. L'Éponge tremble. Il est le seul à trembler, les autres ne tremblent plus quand il n'y a plus lieu à tremblote. Ils ont repris leurs poses habituelles, la petite a même retrouvé de la place pour virevolter et montrer le retour de la bonne humeur générale. Alors, que voulez-vous, tout le monde ou presque se met à fixer l'Éponge. Parce que c'est bien lui ça, c'est bien sa façon d'être, comme on vous l'a déjà dit, de vivre en frissonnant tandis que les autres naufragés, pressés comme ils sont les uns contre les autres, prennent leur mal en patience parce qu'ils savent qu'ils vont très bientôt pouvoir se déverser, parce que c'est arrivé des tas de fois avant et qu'il n'y a rien là.

Et voilà qu'ils se déversent, vont se buter contre les piliers gris épais sous les néons de la station Longueuil. Les debout sont sortis, les assis se sont levés et les suivent. Avec une lenteur qu'on pourrait croire étudiée, l'Éponge se lève finalement, le groin et le front mouillés.

Il monte, seul, vers la station Longueuil. Les autres ont déjà déguerpi depuis belle lurette. C'est un grand escalier que celui de la station Longueuil, pas en étroitesse comme les autres escaliers à la dérobée des autres ports. Un grand escalier. Majestueux. Un vrai escalier de château.

L'Éponge se tient à la rampe du milieu. Parce qu'il y a une rampe du milieu. L'Éponge monte sans trop de peine parce qu'il a toujours préféré les marches larges aux degrés étroits, tout en hauteur, mais cela aussi, tout le monde le sait maintenant, on ne va pas revenir là-dessus.

L'Éponge monte, tête baissée entre les clavicules, comme d'habitude. Et puis tout d'un coup, il la lève, sa tête et reste là, frémissant. Des choses ont peut-être changé mais de toute façon, il n'aurait rien remarqué. Il passait toujours si vite ici. Le même plan de bataille. Tourner vite à droite, 100 place Charles-Lemoyne. De l'autre côté du carrousel d'ombres, à gauche donc, il y a le terminus d'autobus. Deux grosses sorties blêmes entre lesquelles il hésite aujourd'hui, pour la première fois de sa vie, et la neige au dehors qui tombe, muette et grasse, et qui en rajoute.

Alors, d'un coup d'abattis, rompant, comme vous l'aurez compris, avec ses anciennes habitudes, l'Éponge oblique à gauche, l'imprudent, comme si toute cette errance depuis le matin ne lui avait pas servi de leçon. Il titube, il a l'impression que le cœur va lui éclater entre les côtes, lui sauter jusque dans la gorge. Et il s'avance, épave hallucinée, dans l'immense hall vitré, dans la vaste nef gris-bleu sous les ogives gothiques d'un plafond haut comme un ciel tel qu'il n'en a jamais vu. Partout, des arcs gris et les bancs des paroissiens alignés à distance respectueuse les uns derrière les autres.

C'est si beau, se dit l'Éponge, qu'il se laisse glisser sur l'un des bancs d'église tout lisses alors que, c'est bien évident, il n'a rien à faire ici. Il hasarde un coup de prunelle à droite, sur la grande baie sans vitraux, ouverte sur les flocons en bataille et une armée de mémères autobus.

Les autres spectateurs, venus sans doute en avance à l'office, parcourent la nef et les bas-côtés à petits pas, chuchotent, un vacarme de chuchotements mais ils vous diront qu'ils n'ont pas le choix parce qu'on n'a pas le droit de parler fort dans une église.

L'Éponge lit péniblement à haute voix, parce qu'il lit toujours tout péniblement et à haute voix: «Ne pas circuler dans l'aire véhiculaire.» C'est vrai que c'est ce qui est écrit sur la barre d'une des portes vitrées de côté. L'Éponge a un drôle de petit rire rentré. Pour ça, pas de danger, pas assez fou pour ça.

Dans le fond, il est plutôt bien sur son banc. Au loin, bien derrière les derrières des carcasses mémères, une autoroute suspendue dans le gris de plus en plus opaque des neiges et un silence.

Les âmes ont beau être en heure pointue, elles vont toujours aussi sagement, ton baissé, billet en main, vers leur mémère à elles, au-delà des petites portes latérales. Et l'Éponge se dit encore une fois qu'on est bien ici, surtout quand on sait qu'on ne sortira pas par là. Et il se rappelle qu'il n'osait jamais venir dans ce hall-terminus qui sent l'encens des départs. Lui, il se dépêchait de sortir 100 place Charles-Lemoyne, de se faufiler derrière les hauts immeubles cloués devant la sortie du métro, vers les petites rues, vers le cul-de-sac où on l'attendait. À l'époque. C'est-à-dire il y a quand même un certain temps.

Alors l'Éponge se lève avec une très grande brusquerie. Il fait de très grands pas, je dirais même des pas de géant, les pattes écartées, il traverse le Carrefour du Moutier et va se coller tout entier sur la porte de l'autre sortie, le 100 Charles-Lemoyne. Inutile de dire qu'il ne peut rester ainsi très longtemps. On le tire, on le bouscule, on le repousse. Il y a un défilé plus étourdissant encore que dans ses souvenirs, de corps qui sortent et entrent, se frôlent et se frappent au passage, et aussi, au dehors, de voitures de neige qui s'arrêtent, piaffent et s'ébrouent avec grand bruit, claquent des portières, avalent ou recrachent des ombres.

L'Éponge recule, bien obligé qu'il est de céder du terrain à tout ce beau monde. Il se retrouve, Poucet perdu, au beau milieu du carrousel, tend les bras de chaque côté, essayant d'agripper avec sa bouche ouverte les gros flocons doux qui ruissellent dans son cou.

Car il neige en tempête dans le métro, c'est à n'y rien comprendre. Les usagers du métro Longueuil ouvrent aussi très grandes leurs bouches, ils n'ont jamais vu ça de leur vie, même les plus anciens. Il ne neige plus qu'à l'intérieur. Et il y a un grand silence dans tout le carrefour où le vent souffle en énormes rafales, fait voler les grosses fleurs de neige dans tous les sens.

— C'est pas croyable! explose l'homme qui rit, un habitué de la station, qui n'en revient pas non plus et en oublie de rire.

— C'est un miracle! s'exclame en écho une petite voix qui sort d'une poubelle.

— Il n'a jamais neigé dans un métro! se renvoient d'autres voix anonymes.

Drapé dans une magnifique indifférence, toujours debout, crucifié au centre des éléments déchaînés, l'Éponge sourit.

Des deux côtés du ballet blanc des âmes qui rampent à qui mieux mieux, agenouillées devant l'Éponge, les deux sorties brillent comme deux soleils.

Georges

Georges s'est laissé glisser plus qu'il ne s'est assis sur le banc en argent massif de Lionel-Groulx. Il n'est plus l'heure à rien depuis que Georges a vu les deux soleils d'or tomber sur les trottoirs et le soir s'affaler aux deux orifices du métro Longueuil et la pluie de neiges s'arrêter.

En fait, le soir doit être tombé depuis longtemps.

Il souffle un vent furieux dans la tête de Georges.

Georges ramène ses jambes sous lui, passe une main éternellement moite sur la mèche grasse qui lui tombe en pointe sur le front.

L'Éponge ne se rappelle plus trop bien comment il est arrivé ici du métro Longueuil, le ballet des âmes terminé. Sans doute en rasant les murs.

Il y a un vide pesant au moins trois tonnes dans la tête de Georges.

— Ma mère, elle m'appelait Jo, dit Georges à l'homme douceur qui vient de s'asseoir à côté de lui.

— J'ai mal, dit-il encore.

— Je sais, dit l'homme douceur en croisant délicatement ses jambes de pantalon gris rayé. Je suis allé chercher le journal à la tabagie juste à côté. Il y a une histoire qui pourrait vous intéresser. Vous voulez la lire?

Georges dit non avec la tête. Heureusement, il n'y a personne d'autre sur le quai pour se moquer de lui parce qu'il parle tout seul.

— Ça s'intitule *Horrible drame familial à N.D.G.* Vous comprenez, c'est le titre de l'article, commence l'homme douceur, et ses yeux qui dansent ont l'air de s'amuser plus que jamais.

Deux femmes sont mortes dans des circonstances encore mystérieuses dans le quartier Notre-Dame-de-Grâce. Ce sont des policiers qui ont découvert les deux victimes. Ils venaient leur annoncer le décès de leur fils et frère, Georges M., mort tragiquement dans le métro.

— Ça, c'est comme l'introduction, s'interrompt l'homme douceur. Il demande «Vous comprenez?» et, sans attendre la réponse de Georges, il continue:

Il était près de 21 h le 20 février quand deux policiers ont sonné à la porte du domicile de Martha M., situé dans ce quartier résidentiel du centre-ouest de la ville. Ils venaient lui faire part de la tragique nouvelle de la mort de son fils, Georges. Pourquoi cet homme jusque-là sans histoire et décrit comme un être peu bavard mais inoffensif par ses voisins et ses collègues de travail avait-il choisi cette fin atroce?

Une question encore sans réponse mais ce n'était rien à côté de ce qui attendait les deux limiers.

Personne ne venant ouvrir, les policiers se sont décidés à pousser la porte, qui n'était pas verrouillée. C'est alors qu'ils allaient faire la double macabre découverte.

La première victime gisait sur le sol de la cuisine. Selon les premières constatations, la quinquagénaire serait morte par empoisonnement, tombée de sa chaise sous l'effet d'une dose fatale.

À côté, une autre femme plus jeune agonisait, encore assise sur une chaise, mais son état ne laissait aucun doute quant au fait qu'elle s'était infligé le même traitement mortel. Aux enquêteurs qui l'interrogeaient, elle a dit:

— M'man, elle est morte. Moi, j'attendais Jojo pour prendre la mort avec lui et puis comme il n'arrivait pas, je me suis décidée. Il est avec vous?

— Bon, là, je passe un paragraphe, quand on explique comment le frère est mort, ce n'est pas beau à raconter, dit l'homme douceur en se lissant l'arête du nez d'une de ses mains translucides. Et puis je reprends un peu plus bas, vous me suivez?

Georges ne dit rien.

À la question d'un des policiers:

— Votre frère n'a pas laissé un mot ici, quelque part?

La fille a répondu:

— Mon frère n'a jamais écrit un mot de sa vie.

Et comme un des deux enquêteurs la questionnait sur le nombre de morts dans la maison, la fille a répondu:

— Il y a le singe dans la cour, plus nous deux plus l'autre là-bas, parce que tout ça, c'est à cause d'elle.

Et comme un des deux sergents demandait:

— Qui, elle?

La victime a poussé un grand cri et elle est tombée de sa chaise.

Les patrouilleurs ont passé de nombreuses heures dans la cuisine à essayer de relever le moindre indice qui pourrait faire progresser leur enquête. À l'heure actuelle, ils poursuivent encore leur investigation.

Il y a un silence assez long, et puis l'homme douceur dit, en prenant un autre journal à côté de lui:

— Celui-là est daté de demain.

— Ah? dit Georges.

— Je saute le début de l'article, dit l'homme douceur. La sœur est morte dans l'ambulance, avant son arrivée à l'hôpital.

— Ah? dit Georges.

— Je vais quand même vous donner le titre, un titre, c'est important parce que ça donne le ton, pontifie l'homme douceur. Ça s'intitule: *Le drame familial de N.D.G. – L'enquête se déplace à Longueuil.*

Je poursuis:

C'est dans une petite maison abandonnée, dans une rue en cul-de-sac de Longueuil, qu'un autre drame s'est produit. Les premiers éléments recueillis par les policiers permettent de croire que la mort de cette nouvelle victime remonterait à plusieurs mois...

Vous comprenez? questionne l'homme douceur.

Georges ne répond pas.

— Bon, écoutez, dit l'homme douceur avec une pointe d'impatience dans la voix et le voilà qui martèle le sol de la station du bout de sa canne, je ne vous apprendrai rien en vous disant qu'ils ont déterré le cadavre d'une femme ou de ce qu'il en reste. Et c'est l'ex-femme de Georges M. Et il y a fort à parier que l'autopsie confirmera un autre cas de mort-aux-rats. Je continue.

Une chanteuse voisine du couple qui habitait la maisonnette a précisé que la victime était une femme de nature assez étrange et elle a ajouté qu'elle avait tout vu avec ses jumelles.

Vous saviez qu'elle avait des jumelles? questionne l'homme douceur.

Interrogée à savoir pourquoi elle n'avait rien dit du drame à la police, la voisine a seulement commenté que finalement, elle n'avait pas vu grand-chose parce qu'il faisait vraiment très noir comme toujours dans cette cour-là.

Évidemment, les policiers sont aussi allés interroger les ex-collègues de travail de Georges M. pour en savoir plus sur le macabre individu.

«C'était un type renfermé mais toujours à l'heure, a expliqué sa supérieure. Hier, il n'est pas arrivé à l'heure, et puis il n'est pas arrivé du tout. On s'est tous dit, dans le bureau, que c'est sûr que quelque chose devait lui être arrivé. Dans le fond, on ne peut pas vous en dire grand-chose. Un pauvre type. On aurait dit qu'il avait peur de nous, peur qu'on le mange tout cru.»

Ça finit comme ça, dit l'homme douceur. Drôle de fin, non? C'est bien triste. D'ailleurs, tout est triste dans cette histoire.

L'homme se lève, s'appuie un instant sur sa canne, sa cape noire se gonfle aux forts vents souterrains, ses prunelles ne dansent plus, elles sont devenues des billes toutes noires, immobiles.

— Adieu, dit l'homme douceur.

— Adieu, dit Georges.

Et ceci est la fin de l'histoire

Tout d'un coup, on aurait cru qu'on n'était plus que tous les deux, tout seuls au monde sur notre banc de Lionel-Groulx.

Je lui ai demandé:

— C'est toi qui as inventé tout ça? Tu l'as écrit quelque part?

Il m'a dit:

— Je n'ai jamais écrit un mot de ma vie.

Maudit malade. Voilà près de deux heures que j'étais là, à l'écouter.

— Mais dis-le donc qu'il n'y a pas grand-chose de vrai dans tes histoires!

Il ne me regardait toujours pas, le corps et le cou tendus comme ceux d'une oie sauvage prête à prendre son envol.

Et puis Georges a dit:

En ce moment, la mère et la sœur attendent Georges sans l'attendre, avec, peut-être et tout au plus, une petite courte pointe d'inquiétude au bord du cœur. C'est vrai qu'il n'est jamais resté aussi tard, assis sur ce banc à conter ses histoires parce que personne jusqu'ici ne l'avait écouté jusqu'au bout. Parce que voilà des mois et des mois qu'il fait semblant d'aller au travail et d'en revenir et qu'il reste assis sur sa banquise de Lionel-Groulx. Voilà des mois et des mois, depuis qu'il s'est perdu dans ses relents et ses reflets de métro, qu'il passe ses jours de ténèbres à parler, raconter. Pas toujours tout à fait les mêmes histoires. Avec des ajouts qui, peu à peu, sont devenus permanents. Des fois, une ombre venait s'asseoir, doucement comme le font les ombres, mais elle s'en allait quand il n'était qu'au début ou à peine à la moitié de ses histoires, aucune ombre n'avait la patience d'attendre la fin. Peu à peu, tous les personnages dont Georges avait peuplé son métro étaient venus s'asseoir à côté de lui, c'était même devenu une habitude mais ils ne l'écoutaient jamais bien longtemps, le quittaient toujours assez vite, plutôt de mauvaise humeur. Et puis, quand tombait le soir, après avoir fait semblant de s'en être allé, il retournait chez les mères. Et en sortant du métro, sur le chemin du retour, Georges humait en pensée la pénombre froide, le profil de Roberta devant son écran météo, le cou de taureau de la mère penché sur la soupe en boîte qui ne sent pas bon et tout ça le faisait frissonner.

Car les plus grands vents auront beau souffler sur la ville, ils ne déracineront jamais l'étouffe-maison.

Georges dit aussi:

Des fois, comme ce soir, Georges se demande pourquoi il a fait tant d'histoires de ce qui n'a été qu'une pauvre histoire.

Il y a depuis toujours eu tant et tant de mots dans la tête de Georges. Des mots et des mots qu'il enfilait et qu'il se récitait à haute voix depuis qu'il était tout petit, dévoré par ses rêveries d'enfant, barricadé dans sa chambre, puis par les cauchemars éveillés de la vie des grands. Rêveur incorrigible, il avait passé sa vie à se raconter des histoires. Tant et tant d'années à traverser les images et les sons dont on lui clouait le cœur, à éponger son trop-plein de songeries pour s'en faire un gros coussin qui arriverait à cacher tout le reste. Tant de voix que Georges entendait bien plus que ne le croyaient les autres, si insupportables à la longue qu'il lui fallait bien leur prêter sa voix de ventriloque.

Georges dit encore:

Georges pourrait revenir ce soir. Roberta ne dirait rien, pendue à ses prévisions météomédia, elle ne vit que pour ses crises de nerfs contre les murs de sa chambre, décolère de moins en moins en prenant de l'âge, prend du ventre et parle à tort et à travers. Plus jeune, elle l'avait aimé sans roseaux, sans pelle, mais avec passion, avec ses jeux imbéciles, ses envies de mort, avec toute la force de sa folie, sa volonté de le garder, sa rancune aujourd'hui tout aussi farouche, puis sa colère universelle de chose vieillissante qu'il ne comprend pas.

Georges dit que Roberta avait sans doute détesté Léa de toutes ses forces. Ça ne l'avait d'ailleurs pas surpris que la Roberta aille jusqu'à imaginer l'autre en train de couper des chats. Léa, elle, avait parlé de moins en moins après le mariage. Et elle était devenue complètement muette après sa fausse couche. Mais sait-on, quand on est une éponge, ce qu'est une fausse couche? Et voilà la grande Léa qui revient de l'hôpital, le caquet bas, vous l'aurez compris, avec au dedans du gésier une pointe de ressentiment contre l'avorton de père, qui ne fera que grossir et finira par péter comme un ballon.

Elle le quittera quelques mois à peine plus tard pour un chat. Pas un chat tout noir ni tout blanc ni tout jaune. Un chat rayé. Georges détestera toujours ce chat auquel elle parlait parce que lui, il ne savait pas aussi bien parler qu'un chat. Un matin, elle est partie, une valise dans une main, le chat dans l'autre. Le grand frère les attendait dans sa voiture et la voisine les reluquait passionnément en leur faisant de grands signes d'adieu avec la main, de l'autre côté du jardin.

La vie n'était pas une succession de moments parfaits et grandioses, voilà. Et personne n'avait tué de chat.

Georges dit:
Georges pourrait reprendre ce soir le chemin des mères. Repousser la porte, le son de la télévision climatique de la sœur, le souffle rauque de la mère essoufflée de toujours courir après ses ménages et après la grosse ombre de son homme de mari qui les a laissés, il y a bien des années, pour une autre

guenon à guenilles. Parti, le père, depuis belle lurette, sans laisser d'adresse. Et il y a encore tant et tant de mots dans la tête de Georges. Tant de vents aussi, de belles envolées comme il aurait voulu en avoir sur son piano si les mères l'avaient écouté une seconde.

Alors il y a eu un assez long silence et puis je lui ai demandé:

— D'accord, pas de pelle, pas d'anoures, pas de singe, pas d'étripage de chats mais il y a quand même une éponge, hein?

Alors Georges m'a dit:

Ça fait quand même un certain temps maintenant, depuis que la mer s'est refermée sur Longueuil, que Georges raconte son histoire entre deux métros. Au début, elle était assez belle, son histoire, enfin pas trop triste, pas trop folle et nettement plus près de ce qui s'était vraiment passé, comprenez-vous, parce qu'à cette époque, il savait encore marcher. Au début, même, il n'y avait pas de singe. Ainsi, quand l'homme qui rit est venu s'asseoir la première fois, le simiesque n'existait pas, il l'a inventé pour la naine de jardin qui avait réclamé ce personnage en trépignant et en poussant des petits cris suraigus qui avaient failli ameuter le quartier. L'homme qui rit avait voulu aussi mettre le bout de son nez dans ses histoires mais il contait trop mal, il ne savait que répéter comme un perroquet, voulait toujours rajouter de l'étripage de matous et du sang et il rigolait sans arrêt alors qu'il n'y avait visiblement pas matière à rire. Voilà quelques semaines encore, il n'y avait qu'un chat, le vrai chat de l'histoire. L'homme douceur avait convaincu l'Éponge de le multiplier. «Plus il y a de chats, plus on rit», rigolait-il doucement comme tout ce qu'il faisait, avant d'aller chercher le journal, laissant l'Éponge finir de débiter tout seul ses histoires.

Et voilà comment, au fil des jours d'ombres, Georges-l'Éponge s'était vengé, avait pris les voix de la Folle et de l'Infidèle, en avait rajouté à coups de pelle, jeté çà et là des cadavres et rempli ses trous de jardin.

— Le soir, quand même, dit Georges, jusqu'à ce soir, je rentrais.
— Et pourquoi est-ce que tu ne rentrerais pas ce soir, moins qu'hier ou que demain?
Je connaissais la réponse.

Parce que je vais vous dire, moi, ce qui n'avait pas commencé comme d'habitude ce matin-là. Quand le bonhomme m'a vu m'asseoir à côté de lui sur le banc, il a su que moi, je resterais à l'écouter jusqu'au bout. Il en était tellement sûr qu'il l'a dit noir sur blanc, a ajouté la petite phrase tout au début de ses histoires pour préparer une nouvelle fin, celle qu'il attendait peut-être depuis des mois. Il fallait que je l'écoute jusqu'au bout, que ses rêves bouclent la boucle pour qu'il puisse enfin faire le grand saut.

Maudit malade. Ce soir, enfin, il ne rentrerait pas et il l'avait vu en moi depuis le commencement de nos ombres assises l'une à côté de l'autre. Ce soir, Georges ne rentrerait pas parce que ses histoires, il venait de me les débiter tout entières d'un seul souffle, parce qu'il ne pourrait plus rien y changer parce qu'il n'y avait plus rien à y changer parce que je les avais écoutées jusqu'au bout sans broncher et sans trop d'impatience, même dans ses silences. Et puis, surtout, la preuve qu'il ne pourrait rien y changer, elles étaient parues dans le journal.

Il n'y avait plus rien à dire.

Pour la première fois, son ombre se tournait vers moi, elle était opaque comme le café dont elle était issue.

Je me suis levé, j'ai dit:

— Adieu.

Peut-être qu'il m'a répondu. Je ne le saurai jamais. De toute façon, un métro passait.

Épilogue

Ils disent dans l'entrefilet que Georges s'est avancé.

La bête ronronnait dans le noir. Bientôt, elle allait bondir à la lumière, toutes griffes dehors.

L'entrefilet dit que Georges s'est élancé, maladroit comme dans tout ce qu'il faisait, et qu'il s'est jeté à la mer.

Des enfants descendaient l'escalier en piaillant. Il y a eu des ténèbres et puis des voix.

L'homme qui rit disait:

«Je le connais, c'est un pauvre type.»

Une femme sentencieuse ergotait:

«D'habitude, ils restent amochés, mais celui-là, il ne s'est pas manqué.»

«Il faudrait prévenir sa famille», disait une voix sans nom.

Georges ne sentait plus que la chaleur battante du sang. Et lui qui avait toujours trembloté pour un rien, ne tremblait pas d'un poil.

Il comprit les mains des ambulanciers dans ses chairs.

Et puis d'un coup, il repensa aux deux soleils d'or de Longueuil.

Ils disent dans l'entrefilet que sa dernière phrase a été:

«Et pour faire tomber plus vite le voile noir, l'Éponge serra les yeux très fort.»

Je suis revenu sur le banc de Lionel-Groulx pour lire en paix mes entrefilets. C'est pratique, la tabagie tout près. Et puis c'est calme ici. Je vous l'ai dit, je n'ai plus que ça à faire dans la vie, lire des entrefilets, depuis qu'elle est partie. Parce que moi aussi, ma femme m'a quitté, sauf que nous, en neuf ans qu'on a été ensemble, on n'a jamais eu un seul maudit chat.

J'ai pris sa place sur le banc. Ils rôdent autour de moi, n'osent pas encore s'approcher, me reniflent, reniflent mon vide et ma blessure ouverte et c'est vrai que ça a une forte odeur.

Entre deux entrefilets, je leur parlerai.

En attendant, et hop! je fais valser la naine de jardin et l'entrefilet dans la poubelle. PANNE MAJEURE DANS LE MÉTRO, il y avait d'écrit. Ben oui, quoi! Deux jambes arrachées, coincées sous un boggie, vous dégagez ça en cinq minutes, vous?

Je n'ai jamais pu vivre seul. Je suis malheureux de vivre seul. À en mourir.

Je reviendrai demain m'asseoir sur le banc de Lionel-Groulx. Moi, personne ne m'attend à la maison et je n'ai pas le moindre petit bureau où aller trotter chaque matin. Ils s'approchent déjà un peu plus. J'entends leurs pas à l'unisson, leurs murmures.

Je leur raconterai.

Avec le temps, il y en a bien deux ou trois qui viendront s'asseoir. Et puis, un jour, le matin ou le soir du grand soir, il y en a bien un qui m'écoutera jusqu'au bout.

RÉCITS ET ROMANS
CHEZ TRIPTYQUE

Allard, Francine. *Les mains si blanches de Pye Chang* (roman), 2000, 156 p.

Andersen, Marguerite. *La soupe* (roman), 1995, 222 p.

Anonyme. *La ville : Vénus et la mélancolie* (récit), 1981, s.p.

Association des auteures et auteurs des Cantons de l'Est. *En marge du calendrier* (anthologie), 1994, 128 p.

Bacot, Jean-François. *Ciné die* (récits), 1993, 133 p.

Beaudoin, Daniel-Louis. *Portrait d'une fille amère* (roman), 1994, 102 p.

Beaudoin, Myriam. *Un petit bruit sec* (roman), 2003, 116 p.

Beccarelli Saad, Tiziana. *Les passantes* (récits), 1986, 88 p.

Beccarelli Saad, Tiziana. *Vers l'Amérique* (roman), 1988, 96 p.

Beccarelli Saad, Tiziana. *Les mensonges blancs* (récits), 1992, 71 p.

Bereshko, Ludmilla. *Le colis* (récits), 1996, 152 p.

Berg, R.-J. *D'en haut* (proses), 2002, 75 p.

Bibeau, Paul-André. *Le fou de Bassan* (récit), 1980, 62 p.

Bibeau, Paul-André. *Figures du temps* (récit), 1987, 112 p.

Bioteau, Jean-Marie. *La vie immobile* (roman), 2003, 179 p.

Blanchet, Alain. *La voie d'eau* (récit), 1995, 76 p.

Blouin, Lise. *L'absente* (roman), 1993, 165 p.

Blouin, Lise. *Masca ou Édith, Clara et les autres* (roman), 1999, 228 p.

Boissé, Hélène. *Tirer la langue à sa mère* (récits), 2000, 188 p.

Boisvert, Normand. *Nouvelles vagues pour une époque floue* (récits), 1997, 137 p.

Bouchard, Camille. *Les petits soldats* (roman), 2002, 405 p.

Bouchard, Reynald. *Le cri d'un clown* (théâtre), 1989, 120 p.

Bourgault, Marc. *L'oiseau dans le filet* (roman), 1995, 259 p.

Bourque, Paul-André. *Derrière la vitre* (scénario), 1984, 105 p.

Brunelle, Michel. *Confidence d'un taxicomane* (récits), 1998, 169 p.

Butler, Juan. *Journal de Cabbagetown* (roman), 2003, 262 p.

Campeau, Francine. *Les éternelles fictives ou Des femmes de la Bible* (nouvelles), 1990, 114 p.

Caron, Danielle. *Le couteau de Louis* (roman), 2003, 127 p.

Champagne, Louise. *Chroniques du métro* (nouvelles), 1992, 123 p.

Chatillon, Pierre. *L'enfance est une île* (nouvelles), 1997, 125 p.

Clément, Michel. *Le maître S* (roman), 1987, 125 p.

Clément, Michel-E. *Ulysse de Champlemer* (roman), 1997, 155 p.

Clément, Michel-E. *Phée Bonheur* (roman), 1999, 283 p.

Clément, Michel-E. *Sainte-fumée* (roman), 2001, 361 p.

Cliche, Anne-Élaine. *La pisseuse* (roman), 1992, 243 p.

Cliche, Anne-Élaine. *La sainte famille* (roman), 1994, 242 p.

Cliche, Mireille. *Les longs détours* (roman), 1991, 128 p.

Collectif. *La maison d'éclats* (récits), 1989, 116 p.

Corbeil, Marie-Claire. *Tess dans la tête de William* (récit), 1999, 92 p.

Côté, Bianca. *La chienne d'amour* (récit), 1989, 92 p.

Daigle, Jean. *Un livre d'histoires* (récits), 1996, 105 p.

Daigneault, Nicolas. *Les inutilités comparatives* (nouvelles), 2002, 134 p.

Dandurand, Anne. *Voilà, c'est moi : c'est rien, j'angoisse* (récits), 1987, 84 p.

Daneau, Robert. *Le jardin* (roman), 1997, 167 p.

Depierre, Marie-Ange. *Une petite liberté* (récits), 1989, 104 p.

Déry-Mochon, Jacqueline. *Clara* (roman), 1986, 84 p.

Désaulniers, Lucie. *Occupation double* (roman), 1990, 102 p.

Desfossés, Jacques. *Tous les tyrans portent la moustache* (roman), 1999, 271 p.

Desfossés, Jacques. *Magma* (roman), 2000, 177 p.

Desrosiers, Sylvie. *Bonne nuit, bons rêves, pas de puces, pas de punaises* (roman), 1998 (1995), 201 p.

Desruisseaux, Pierre. *Pop Wooh, le livre du temps, Histoire sacrée des Mayas quichés* (récit), 2002, 252 p.

Diamond, Lynn. *Nous avons l'âge de la Terre* (roman), 1994, 157 p.

Diamond, Lynn. *Le passé sous nos pas* (roman), 1999, 200 p.

Diamond, Lynn. *Le corps de mon frère* (roman), 2002, 208 p.

Duhaime, André. *Clairs de nuit* (récits), 1988, 125 p.

Dupuis, Hervé. *Voir ailleurs* (récit), 1995, 211 p.

Dussault, Danielle. *Le vent du monde* (récits), 1987, 116 p.

Forand, Claude. *Le cri du chat* (polar), 1999, 214 p.

Forest, Jean. *Comme c'est curieux… l'Espagne !* (récit), 1994, 119 p.

Forest, Jean. *Jean Forest chez les Anglais* (récit), 1999, 168 p.

Fortin, Julien. *Chien levé en beau fusil* (nouvelles), 2002, 152 p.

Fournier, Danielle. *Les mardis de la paternité* (roman), 1983, 109 p.

Fournier, Danielle et Coiteux, Louise. *De ce nom de l'amour* (récits), 1985, 150 p.

Francœur, Louis et Marie. *Plus fort que la mort* (récit-témoignage), 2000, 208 p.

Fugère, Jean-Paul. *Georgette de Batiscan* (roman), 1993, 191 p.

Gagnon, Alain. *Lélie ou la vie horizontale* (roman), 2003, 121 p.

Gagnon, Daniel. *Loulou* (roman), 2002 (1976), 158 p.

Gagnon, Lucie. *Quel jour sommes-nous ?* (récits), 1991, 96 p.

Gauthier, Yves. *Flore ô Flore* (roman), 1993, 125 p.

Gélinas, Pierre. *La neige* (roman), 1996, 214 p.

Gélinas, Pierre. *Le soleil* (roman), 1999, 219 p.

Gervais, Bertrand. *Ce n'est écrit nulle part* (récits), 2001, 90 p.

Gosselin, Michel. *La fin des jeux* (roman), 1986, 147 p.

Gosselin, Michel. *La mémoire de sable* (roman), 1991, 140 p.

Gosselin, Michel. *Tête première* (roman), 1995, 156 p.

Gosselin, Michel. *Le repos piégé* (roman), 2000 (1988), 188 p.

Gray, Sir Robert. *Mémoires d'un homme de ménage en territoire ennemi* (roman), 1998, 188 p.

Guénette, Daniel. *J. Desrapes* (roman), 1988, 149 p.

Guénette, Daniel. *L'écharpe d'Iris* (roman), 1991, 300 p.

Guénette, Daniel. *Jean de la Lune* (roman), 1994, 229 p.

Harvey, François. *Zéro-Zéro* (roman), 1999, 172 p.

Julien, Jacques. *Le divan* (récits), 1990, 74 p.

Julien, Jacques. *Le cerf forcé* (roman), 1993, 174 p.

Julien, Jacques. *Le rêveur roux : Kachouane* (roman), 1998, 206 p.

Kimm, D., *Ô Solitude !* (récits), 1987, 142 p.

Lacasse, Lise. *L'échappée* (roman), 1998, 216 p.

Laferrière, Alexandre. *Début et fin d'un espresso* (roman), 2002, 232 p.

Lamontagne, Patricia. *Somnolences* (roman), 2001, 126 p.

Landry, François. *La tour de Priape* (récit), 1993, 88 p.

Landry, François. *Le comédon* (roman), 1997 (1993), 410 p.

Landry, François. *Le nombril des aveugles* (roman), 2001, 267 p.

LaRochelle, Luc. *Amours et autres détours* (récits), 2002, 124 p.

Lavallée, François. *Le tout est de ne pas le dire* (nouvelles), 2001, 173 p.

Le Maner, Monique. *Ma chère Margot,* (roman), 2001, 192 p.

Le Maner, Monique. *La dérive de l'Éponge* (roman), 2004, 155 p.

Lemay, Grégory. *Le sourire des animaux* (roman), 2003, 110 p.

Lépine, Hélène. *Kiskéya* (roman), 1996, 147 p.

Lévy, Bernard. *Comment se comprendre autrement que par erreur* (dialogues), 1996, 77 p.

Lévy, Bernard. *Un sourire incertain* (récits), 1996, 152 p.

Maes, Isabelle. *Lettres d'une Ophélie* (récits), 1994, 68 p.

Manseau, Pierre. *L'île de l'Adoration* (roman), 1991, 180 p.

Manseau, Pierre. *Quartier des hommes* (roman), 1992, 207 p.

Manseau, Pierre. *Marcher la nuit* (roman), 1995, 153 p.

Manseau, Pierre. *Le chant des pigeons* (nouvelles), 1996, 167 p.

Manseau, Pierre. *La cour des miracles* (roman), 1999, 280 p.

Manseau, Pierre. *Les bruits de la terre* (récits), 2000, 176 p.

Manseau, Martin. *J'aurais voulu être beau* (récits), 2001, 144 p.

Martel, Jean-Pierre. *La trop belle mort* (roman), 2000, 238 p.

Martin, Daniel. *La solitude est un plat qui se mange seul* (nouvelles), 1999, 145 p.

McComber, Éric. *Antarctique* (roman), 2002, 175 p.

Ménard, Marc. *Itinérances* (roman), 2001, 242 p.

Messier, Judith. *Jeff !* (roman), 1988, 216 p.

Michaud, Nando. *Le hasard défait bien des choses* (polar), 2000, 216 p.

Michaud, Nando. *Un pied dans l'hécatombe* (polar), 2001, 241 p.

Michaud, Nando. *Virages dangereux et autres mauvais tournants* (nouvelles), 2003, 181 p.

Monette, Pierre. *Trente ans dans la peau* (roman), 1990, 112 p.

Moutier, Maxime-Olivier. *Potence machine* (récits), 1996, 109 p.

Moutier, Maxime-Olivier. *Risible et noir* (récits), 1998 (1997), 164 p.

Moutier, Maxime-Olivier. *Marie-Hélène au mois de mars* (roman), 2001 (1998), 162 p.

Neveu, Denise. *De fleurs et de chocolats* (récits), 1993, 96 p.

Neveu, Denise. *Des erreurs monumentales* (roman), 1996, 121 p.

Nicol, Patrick. *Petits problèmes et aventures moyennes* (récits),1993, 96 p.

Nicol, Patrick. *Les années confuses* (récits), 1996, 95 p.

Noël, Denise. *La bonne adresse* suivi de *Le manuscrit du temps fou* (récits), 1995, 161 p.

O'Neil, Huguette. *Belle-Moue* (roman), 1992, 95 p.

O'Neil, Huguette. *Fascinante Nelly* (récits),1996, 127 p.

Painchaud, Jeanne. *Le tour du sein* (récits), 1992, 95 p.

Paquette, André. *La lune ne parle pas* (récits), 1996, 159 p.

Paquette, André. *Les taches du soleil* (récits), 1997, 219 p.

Paquette, André. *Première expédition chez les sauvages* (roman), 2000, 180 p.

Paquette, André. *Parcours d'un combattant* (roman), 2002, 183 p.

Paré, Marc-André. *Chassés-croisés sur vert plancton* (récits), 1989, 92 p.

Paré, Marc-André. *Éclipses* (récits), 1990, 98 p.

Pascal, Gabrielle. *L'été qui dura six ans* (roman), 1997, 115 p.

Pascal, Gabrielle. *Le médaillon de nacre* (roman), 1999, 180 p.

Patenaude, Monique. *Made in Auroville, India* (roman), 2004, 211 p

Pépin, Pierre-Yves. *La terre émue* (récits), 1986, 65 p.

Pépin, Pierre-Yves. *Le diable des marais* (contes), 1987, 136 p.

Perreault, Guy. *Ne me quittez pas !* (récits), 1998, 113 p.

Perreault, Guy. *Les grands brûlés* (récits), 1999, 173 p.

Poitras, Marie-Hélène. *Soudain le Minautore* (roman), 2002, 178 p.

Poulin, Aline. *Dans la glace des autres* (récits), 1995, 97 p.

Quintin, Aurélien. *Barbe-Rouge au Bassin* (récits), 1988, 257 p.

Quintin, Aurélien. *Chroniques du rang IV* (roman), 1992, 193 p.

Raymond, Richard. *Morsures* (nouvelles), 1994, 169 p.

Renaud, France. *Contes de sable et de pierres* (récits), 2003, 152 p.

Renaud, Thérèse. *Subterfuges et sortilèges* (récits), 1988, 144 p.

Robitaille, Geneviève. *Chez moi* (récit), 1999, 142 p.

Robitaille, Geneviève. *Mes jours sont vos heures* (récit), 2001, 116 p.

Saint-Pierre, Jacques. *Séquences ou Trois jours en novembre* (roman), 1990, 134 p.

Schweitzer, Ludovic. *Vocations* (roman), 2003, 188 p.

Soudeyns, Maurice. *Visuel en 20 tableaux* (proses), 2003, 88 p.

St-Onge, Daniel. *Llanganati ou La malédiction de l'Inca* (roman), 1995, 214 p.

St-Onge, Daniel. *Trekking* (roman), 1998, 240 p.

St-Onge, Daniel. *Le gri-gri* (roman), 2001, 197 p.

Strano, Carmen. *Les jours de lumière* (roman), 2001, 246 p.

Tétreau, François. *Le lai de la clowne* (récit), 1994, 93 p.

Thibault, André. *Schoenberg* (polar), 1994, 175 p.

To, My Lan. *Cahier d'été* (récit), 2000, 94 p.

Turcotte, Élise. *La mer à boire* (récit), 1980, 24 p.

Turgeon, Paule. *Au coin de Guy et René-Lévesque* (polar), 2003, 214 p.

Vaillancourt, Claude. *L'eunuque à la voix d'or* (nouvelles), 1997, 159 p.

Vaillancourt, Claude. *Les onze fils* (roman), 2000, 619 p.

Vaillancourt, Marc. *Le petit chosier* (récits), 1995, 184 p.

Vaillancourt, Yves. *Winter et autres récits* (récits), 2000, 100 p.

Valcke, Louis. *Un pèlerin à vélo* (récit), 1997, 192 p.

Vallée, Manon. *Celle qui lisait,* (nouvelles), 1998, 149 p.

Varèze, Dorothée. *Chemins sans carrosses* (récits), 2000, 134 p.

AGMV Marquis

MEMBRE DE SCABRINI MEDIA

Québec, Canada
2004